Bernard Delmas

Au futur sans fin

NomBre7 éditions

À mes parents, mes professeurs,
mes mentors chez Michelin, mes amis,
et surtout à mon épouse Etsuko
qui m'a encouragé à écrire ce livre.

En Pays cathare, Albi

« La jeunesse est heureuse parce qu'elle a la capacité de voir la beauté. Quiconque garde le pouvoir de voir la beauté ne vieillit jamais. »

Frantz Kafka

Mes parents m'ont souvent dit que j'aurais dû naître en Asie. Ils me racontaient que lorsqu'ils vivaient à Mazamet, une petite commune du Tarn où ils enseignaient tous deux les mathématiques, le recteur de l'académie de Toulouse leur avait proposé à chacun un poste de professeur à Saigon. Mon père et ma mère, alors jeunes mariés et futurs parents furent d'abord tentés par l'aventure avant de décliner l'offre jugeant plus sûr de ne pas s'engager dans un avenir incertain en Indochine où la guerre faisait rage. Voilà pourquoi, le 21 avril 1954, ce n'est pas à Saigon que je vis le jour mais dans cette petite bourgade d'Occitanie où mes parents s'étaient rencontrés deux ans auparavant. Mon père Pierre Delmas venait de Millau, une ville aux limites des Causses, et ma mère, Henriette Genieys, de Requista au cœur du Rouergue. Quinze jours à peine après ma naissance, à l'autre bout du monde, les troupes françaises perdaient la bataille de Diên Biên Phu face à celles du Viêt-minh, une défaite cuisante qui sonnait le glas de la présence coloniale française en Asie. J'avais trois mois lorsque furent signés les accords de Genève accordant l'armistice et l'indépendance du Vietnam.

Je n'étais pas né en Asie, certes, mais c'est un continent qui me rattraperait plus tard et d'une autre façon.

Avec mon chien Dior

Il ne me reste pratiquement aucun souvenir de Mazamet, je sais simplement qu'elle fut une capitale de la laine voilà plus d'un siècle mais aussi, pour l'anecdote, qu'elle fut au cœur d'une opération médiatique menée par la Sécurité routière en 1973, dans laquelle il était question de montrer que le nombre de tués sur la route en une année équivalait à la population d'une ville entière, soit Mazamet, renommée pour l'occasion « ville morte ». Quelques mois après ma naissance, nous déménagions à Albi où mes parents venaient d'être nommés. Quatre ans plus tard naissait mon frère, Jean. C'est donc à Albi, dans cette cité en plein cœur de l'Occitanie, que se situent mes tout premiers souvenirs, et c'est là aussi, dans cette région, que j'ai passé toute mon enfance et mon adolescence.

Nous habitions une grande maison avec un beau jardin où régnait Dior, notre chien. C'était un épagneul breton qui accompagnait mon père dans ses parties de chasse, mais qui fut surtout mon premier compagnon de jeu. Un jour, ma mère, quelque peu affolée de ne plus me voir, me chercha partout dans la maison puis dans le jardin, et finit par me retrouver dans la niche de Dior endormi tranquillement contre lui.

Nous aimions cette belle province qu'on appelle aussi pays de cocagne à cause de sa richesse en pastels. La teinture bleue obtenue de ces plantes broyées puis préparées en coques avait fait la fortune des albigeois avant d'être détrônée par l'indigo venu d'Asie. Oui, nous aimions cette région où, au gré des saisons, nous pouvions tout aussi bien nous baigner ou canoter sur le Tarn, pratiquer la pêche ou la chasse, cueillir des champignons ou ramasser des châtaignes, sans compter les promenades au cœur d'une nature prodigue et aux couleurs changeantes. Du reste, je fis mes premières affaires chaque automne grâce à des cueillettes miraculeuses que je revendais à l'épicier de notre quartier. Une petite somme qui venait modestement s'ajouter à l'argent de poche mensuel que me donnaient mes parents.

Avec mon père au retour de de chasse

Très vite, mes parents ont voulu acquérir une maison avec un grand terrain. Ils en rêvaient. Ils portèrent leur dévolu sur un chalet en bois construit au bord d'une boucle du Tarn, entre Albi et Ambialet. Et c'est là que nous passions la plupart de nos week-ends, dans cette nature qui nous invitait à toutes sortes de jeux mon frère et moi, pendant que mon père, passionné de cuisine, nous préparait des plats dont il avait le secret. Il faut dire que mon père était un fin cuisinier, et pour lui, toutes les occasions étaient bonnes pour se mettre en cuisine, les visites de la famille, les anniversaires et bien sûr les réveillons de Noël ou du jour de l'an.

Et puis nous n'étions pas très éloignés de chez mes grands-parents, tant maternels que paternels, et nous leur rendions régulièrement visite. Ils habitaient, les uns comme les autres dans l'Aveyron, mais à des endroits différents. Les parents de ma mère vivaient à Requista dans le Ségala (tirant son nom du seigle produit localement), à une heure de chez nous sur la route de Rodez. Quant à mes grands-parents paternels, il fallait pousser un peu plus loin, jusqu'à Millau, aux confins des gorges du Tarn et des Causses qui descendent vers la mer Méditerranée.

Alfred, mon grand-père maternel, était garagiste à Requista, représentant Renault pour les voitures, Michelin pour les pneumatiques et Shell pour l'essence. Dans son garage où il pratiquait avec merveille la ferronnerie, il m'initiait à l'art de la découpe, de l'emboutissage et de la forge des métaux. J'apprenais aussi à démonter et monter les pneumatiques de toutes tailles, à aligner un train de camion, à démonter, nettoyer et remonter un carburateur de voiture, à changer les plaquettes de frein et les bougies. C'est lui qui, pour mon anniversaire, m'offrit mon premier vélo, mais tout en pièces détachées pour que je puisse l'assembler moi-même. Mon goût pour la mécanique et les courses automobiles est sans doute né de ces heures passées à bricoler avec mon grand-père. Il est vrai que mon père, lui aussi, avait un véritable penchant pour les belles voitures. Il eut tour à tour une Amilcar Compound, une Renault 4 CV, une Frégate, ou encore une R16. À Albi, je ne manquais jamais les grands prix de formule 2, où j'assistais, admiratif, aux prouesses de géants tels que Jack Brabam, Graham Hill, Jackie

Stewart, Jim Clark, Jocken Rindt, Jackie Icks, Jo Siffert, François Cevert… Pour mes camarades et moi, il s'agissait plutôt de réparer de vieilles motos et de les faire rouler sur des circuits de fortune dans la banlieue d'Albi. C'est ainsi que, sur une Terrot 250 mono cylindre, j'eus mes premières sensations de vitesse.

Quant à ma grand-mère Angèle, elle élevait des volailles, engraissait des canards, tuait elle-même le cochon lorsqu'il le fallait et jardinait ses propres fruits et légumes. Cuisinière remarquable, elle avait hérité du savoir-faire de sa propre mère Irma, ancienne propriétaire de l'hôtel-restaurant « le Relais des Postes » à Requista. Celle-ci détenait des recettes dont mon père essayait de percer le secret et qu'il notait scrupuleusement dans un carnet. J'ai gardé ce précieux carnet et l'on y trouve, entre autres, une recette de pâté en croute digne de Brillât-Savarin.

Les visites à Requista étaient toujours l'occasion de grandes fêtes de famille. Il y avait les dimanches dans l'année lorsque nous venions passer la journée, et que nous repartions le soir même la voiture chargée de succulentes victuailles qu'Angèle avait préparées pour nous avec amour. Jambon, saucisse sèche, boudins, confit et foie gras de canard, sauce tomate, fruits et légumes, faisaient nos délices à Albi dans les jours et les semaines qui suivaient. Et il y avait aussi les vendanges à l'automne. Nous nous retrouvions tous, oncles, tantes, cousins et cousines, pour la cueillette, chacun de nous ayant un rôle bien précis, les uns la coupe au sécateur, les autres le transport jusqu'à la benne des hottes remplies de grappes, et aux enfants était attribué le foulage, pieds nus, du raisin fraîchement cueilli. Ces jours-là de dur labeur, nous nous régalions des ripailles préparées par ma grand-mère. Puis nous terminions au pressoir à bras dont on pouvait extraire au moins dix hectolitres d'un nectar qui donnait un vin rosé bien fruité à boire frais. À ces occasions, encore enfant, j'expérimentais mes premières cuites en buvant et abusant du jus du moût issu du pressurage, jus de raisin déjà alcoolisé de quelques degrés du fait de sa fermentation précoce.

Les repas chez mes grands-parents étaient toujours des gueuletons dignes de Gargantua. Souvent le curé de la paroisse se joignait à la famille. Il faut dire que ma grand-mère était bien dévote. Lorsque nous venions le dimanche et qu'elle loupait la messe à cause du repas dominical qu'elle devait préparer, elle ne manquait jamais d'aller aux vêpres en remplacement. Nous restions parfois plus de quatre heures à table, et comme toujours, ces repas étaient aussi l'occasion pour les adultes de débats enflammés à refaire le monde, qui à cette époque-là était en pleine guerre froide et décolonisation. Avec le recul, je me rends compte que ces discussions se bornaient la plupart du temps à l'expression du présent et surtout de l'avenir. Mais jamais elles n'évoquaient les guerres passées, pas si lointaines pourtant et sans doute encore présentes dans toutes les mémoires autour de la table. Pudeur, plaies encore béantes et toujours douloureuses ou simple volonté de tourner la page ? Je ne sais pas. Toujours est-il que mon père comme son beau-frère Maurice ne parlaient jamais de leurs années de travail obligatoire en Allemagne. Pas plus que Jean, un autre de mes oncles, plus jeune celui-ci, n'abordait la guerre d'Algérie dont il revenait à peine. Ce n'est que bien des années plus tard que je compris combien leur jeunesse avait en partie été sacrifiée.

Mes grands-parents paternels, Bernard et Marie-Thérèse, quant à eux, étaient tous deux instituteurs alors retraités. Lorsque nous allions leur rendre visite le dimanche, mon père et mon oncle nous emmenaient pêcher avec mes cousins, mes cousines, mon frère et moi dans les gorges du Tarn et son affluent la Dourbie. Pendant qu'ils pêchaient les truites qui allaient faire les délices du repas, ils nous incitaient à pêcher des écrevisses dans les ruisseaux voisins. Nous n'étions pas peu fiers de contribuer ainsi au repas dominical.

C'est pendant cette enfance digne d'un roman de Marcel Pagnol, que se déroula toute ma jeunesse. Sans compter les voyages que nous faisions pendant les grandes vacances d'été. Comme mes parents étaient enseignants, ils bénéficiaient des mêmes longues périodes de congé que nous. Alors chaque été était l'occasion de longs périples en camping à travers la France et l'Europe et autant de nouvelles expériences et de découvertes culturelles. Le GPS n'existait pas encore bien sûr, alors pour nous repérer, nous nous penchions, passionnés, sur les cartes géographiques ou les guides Michelin dont la précision et la clarté nous permettaient alors de voyager en toute sérénité. Ainsi nous partions à la découverte de sites qui valaient vraiment le détour.

Je fis toutes mes classes primaires et secondaires au lycée La Pérouse d'Albi réservé aux garçons. Heureusement, aucun de mes deux parents n'enseignait là, ma mère ayant été nommée dans un lycée de jeunes filles et mon père dans un lycée mixte mais d'enseignement technique. Cela ne les empêchait pas de côtoyer régulièrement mes professeurs et d'avoir des attentes dont je me devais d'être à la hauteur. Sans être très assidu au travail, j'avais tout de même de bons résultats aussi bien en dessin qu'en latin ou en philosophie mais surtout en mathématiques. Il est vrai qu'avec deux parents professeurs de mathématiques, je me devais de réussir dans cette discipline, mère de toutes les disciplines. Et même si mon père considérait toujours mes résultats comme insuffisants, je ne m'en sortais pas trop mal, passionné que j'étais par la théorie des ensembles et tout ce bouillonnement de nouveautés insufflée par le collectif Bourbaki. Mais tout de même, je ne réussis pas à obtenir de prix au concours général de mathématiques. Ce fut curieusement dans une tout autre matière que j'y décrochai un accessit. Influencé par ma mère, j'avais commencé le dessin, puis l'aquarelle et la peinture à l'huile, et il faut croire que je ne me débrouillais pas trop mal.

J'étais un élève plutôt sage mais mes parents ne manquaient jamais d'être prévenus pour telle ou telle bêtise que j'aurais pu faire. Je me souviendrais toujours de ce professeur de physique et chimie qu'on surnommait pipette, et qui, pour nous faire une belle démonstration sur la chute des corps, avait laissé tomber du deuxième étage le chronomètre qu'il tenait dans la main au lieu de la pierre prévue à cet effet. Je n'avais pas pu m'empêcher d'éclater de rire, un comportement jugé inadéquat, ce qui n'avait pas manqué d'être rapporté à mes parents. Il y avait aussi notre professeur de français, latin, grec et philosophie, poète à ses heures, Pierre Rieucau, qui par ailleurs était un ami de mon père. Un jour, alors que les vacances approchaient, il nous avait dit de ne pas trop nous en réjouir, car cela signifiait que la rentrée scolaire suivante se rapprochait aussi. J'avais répondu très naturellement que, dans ce cas, on pouvait alors considérer que le début des vacances d'après, lui aussi se rapprochait. Encore une fois cela m'avait valu une réprimande paternelle.

N'oublions pas que nous étions encore dans l'ancien monde où chaque élève avait un carnet de notes à faire signer tous les mois par les parents avant de le rendre à l'instituteur. Nous portions des blouses sur lesquelles était brodé notre nom et les punitions pleuvaient dès lors que nous bavardions ou que nous n'étions pas assez attentifs. Au moment des événements de mai 68, j'étais en classe de troisième, une année qui se soldait à cette époque par le BEPC (Brevet d'Étude du Premier Cycle). Le jour où les grèves éclatèrent, un camarade cria devant le professeur : « Jetez les blouses ! ». À Albi comme partout, la révolte s'exprimait et le blocage de la société dura plusieurs mois. Le BEPC fut tout de même maintenu mais sous forme d'un examen oral, mais il était clair que plus rien ne serait dès lors comme avant.

Albi était le théâtre de nos jeux d'enfants. Avec mes camarades, nous écumions la place du Patus Crémat dans le centre historique d'Albi et jouions à toutes sortes de jeux pas toujours permis. Au fil de ces années, primaires d'abord, puis secondaires, je nouai de solides amitiés avec des garçons de mon âge, la plupart issus de la bourgeoisie locale. Il y avait notamment Jean-Luc, le fils du docteur qui habitait près de chez nous, et aussi Jean-Paul, le fils de l'architecte de la ville d'Albi. Dominique était celui avec qui, adolescent je partageais rêves et ambitions, mais aussi la pratique du judo. De tous, je garde un excellent souvenir aujourd'hui encore, même si le temps et l'éloignement ont vu nos liens se distendre. Les marronniers des *Lyces* où se trouvait la statue de La Pérouse, entourée des ancres et canons ramenés du lieu de son naufrage, nous fournissaient les armes de nos batailles navales imaginaires. Parfois, nos offensives de garçons pouvaient prendre pour cible des groupes de jeunes filles du lycée Bellevue, où ma mère enseignait. J'avais évidemment droit à ses remontrances le soir même de nos taquineries. Nous étions jeunes et peu habitués à côtoyer les filles de notre âge. Je me souviens que pour moi, les messes dominicales où j'accompagnais ma mère pendant que mon père restait à la maison pour nous préparer le repas du dimanche étaient l'occasion de lorgner la fille du commandant de garnison assise à côté de sa mère.

Mes années de jeunesse à Albi étaient riches d'apprentissages de toutes sortes. La ville était fière des illustres personnages qu'elle avait engendrés. Jean-François Galaup de La Pérouse était l'un d'eux. Ce capitaine de vaisseau fut sollicité par Louis XVI pour diriger une expédition autour du monde et d'exploration de l'océan pacifique. La Pérouse fut le premier à passer par un petit détroit sur la mer du Japon qui sépare l'île japonaise de Hokkaido et l'île russe de Sakhaline. Mais ses deux navires l'Astrobale et la Boussole ne revinrent jamais à bon port, pris dans un typhon au large des côtes de la Nouvelle-Guinée et des îles Salomon. Les écrits, les cartes, les ancres et les canons qui furent retrouvés des années plus tard furent ramenés à Albi et exposés au pied de sa statue. Je lisais tous les livres possibles qui relataient cette incroyable épopée et dans mes lectures assidues je découvris un jour qu'en 1785, alors que juste avant son départ, il recrutait encore à Brest les derniers postulants qui se bousculaient pour être de l'aventure, il rejeta la candidature d'un certain jeune cadet du nom de Napoléon Bonaparte. Le destin avait préféré autre chose pour ce jeune homme audacieux et aux ambitions démesurées.

L'autre personnage qui faisait la fierté des albigeois était le peintre caricaturiste de la fin du dix-neuvième siècle, Henri de Toulouse-Lautrec, connu pour ses merveilleuses caricatures de la vie parisienne. À Albi, un musée installé dans le palais épiscopal de la Berbie, porte son nom. Tout comme les récits de La Pérouse qui baignaient mon enfance, les œuvres de Toulouse-Lautrec aiguisaient mon regard. Je me souviens combien j'étais intrigué par sa curieuse signature, un cercle rouge dans lequel s'encastraient ses initiales en majuscule H, T et L. Très certainement influencé comme de nombreux peintres impressionnistes de l'époque par les Ukiyo-e japonais, il reproduisait avec ce paraphe une sorte de Hanko japonais. Comme un signe que l'avenir m'envoyait.

C'est à eux sans doute, à ces deux figures de ma jeunesse albigeoise qui ont marqué à jamais mon esprit, que je dois mon goût pour l'histoire, les voyages, les bateaux et l'art pictural.

Mes goûts divers se formaient, s'aiguisaient et prenaient place dans mon jeune esprit. La Cathédrale Sainte-Cécile construite au treizième siècle en réponse à l'hérésie cathare se dresse, toute en briques roses, au sein de la cité épiscopale, elle-même inscrite depuis 2010 au patrimoine mondial de l'UNESCO. Telle une impressionnante forteresse, elle domine la ville en pointant son immense clocher vers le ciel, et surtout elle abrite en son sein le magnifique et puissant orgue Moucherel. Ma mère faisait partie de la chorale de la paroisse et c'est l'une de ses amies, madame Prat-Molinier qui jouait sur cet orgue. Pour les grandes occasions, on y associait la fanfare du quinzième régiment d'infanterie. Régulièrement, j'accompagnais ma mère à la cathédrale et c'était pour moi l'occasion d'écouter cet instrument qui me ravissait. Et je garde encore aujourd'hui, de ces chœurs à Sainte-Cécile et des grands événements religieux comme Pâques ou Noël, mon goût pour la musique d'orgue.

Par ailleurs, comme j'avais le goût de l'exercice physique, je m'essayais à différents sports comme le basket, le rugby ou le judo, mais c'est de loin dans le ski, pratiqué dans les Pyrénées voisines, que je me suis le plus accompli. Lorsque j'obtins le titre d'instructeur, je pus alors me permettre, financièrement, d'y aller plus souvent encore dans les périodes hivernales.

Il y avait aussi le bridge que mon père pratiquait et souvent lors de compétitions de haut niveau, comme le grand tournoi de Monaco où il avait eu l'occasion de jouer contre Omar Sharif. J'allais le retrouver parfois au café du Pontié sur la place centrale du Vigan. C'est là qu'il s'entraînait avec ses équipiers, et de les voir faire, peu à peu je me familiarisais avec ce jeu que, depuis j'ai toujours pratiqué.

Ainsi ces années-là furent cadencées par les encouragements de mes parents qui m'auraient bien vu devenir enseignant comme eux, alors que, moi, je rêvais de bateau, de navigation, de mer et de voyages lointains. Et même le choix de mes lectures était le reflet de ma quête d'ailleurs. En dehors des bandes dessinées que je dévorais, d'Astérix à Tintin en passant par Spirou, je ne choisissais que des livres d'aventures et de voyages. Je lisais tout d'Alexandre Dumas, de Victor Hugo ou de Jules Verne. Mais de loin, mon livre préféré fut certainement l'Iliade et l'Odyssée.

Et puis j'entrai en Terminale. Cette année-là, avec Jean-Paul et d'autres camarades de notre classe, nous préparions le baccalauréat avec l'objectif tout au long de l'année de décrocher les meilleures notes possibles aux examens blancs. Nous en avions même fait une sorte de compétition. Chaque année, les élèves qui obtenaient les meilleurs résultats se voyaient attribuer un prix, le legs Bouteiller, qui leur permettait de financer un voyage de découverte. Jusque-là, c'était souvent les classes littéraires qui avaient l'avantage d'en bénéficier, et les lauréats choisissaient systématiquement de partir en Italie. Mais cette fois, ce fut Jean-Paul et moi qui le remportâmes et la direction du Lycée fut bien surprise de voir notre choix se porter sur l'observatoire du pic du Midi de Bigorre dans les Pyrénées. Ce qui ne l'empêcha pas de supporter notre projet et de nous aider à le concrétiser. C'était la pleine époque des épopées spatiales qui frappaient notre imagination, Spoutnik en 1957, Youri Gagarin en 1961, Alexei Leonov avec la première sortie dans l'espace en 1965 et enfin, bien sûr, Neil Armstrong et ses premiers pas sur la lune en 1969. Nous, nous étions passionnés d'astronomie et de ces télescopes géants qui progressaient sans cesse. Ces astronautes russes ou américains devenaient les héros et les explorateurs de mondes nouveaux, les « La Pérouse » des temps modernes. Lors de notre séjour d'une semaine à plus de deux-mille-huit-cents mètres, nous approfondissions nos connaissances en astronomie, nous comprenions les effets de l'altitude et de la faible pression de l'air sur notre rythme de vie, mais aussi sur le métabolisme des plantes, et… combien il était difficile à cette hauteur de faire cuire un œuf ou des pâtes !

J’obtins mon baccalauréat avec mention. Je pouvais désormais entrer en « math sup » au Lycée Pierre de Fermat à Toulouse là où mon père et ma mère étaient passés trente années plus tôt. Tout en satisfaisant le souhait le plus cher de mes parents en intégrant la « taupe » — comme on appelait aussi les classes préparatoires scientifiques aux Grandes Écoles — je nourrissais le projet secret de présenter le concours de l’École Navale pour devenir officier de marine. Pour l’heure, j’allais quitter Albi pour devenir pensionnaire à Toulouse et je sentais tout au fond de moi, sans pourtant en avoir encore vraiment conscience, que je m’éloignais de cette vie dorée d’enfant et de ce pays de cocagne qui avait enchanté ma jeunesse.

De Toulouse au Brésil en passant par la Lorraine

« Deviens ce que tu es »

Nietzsche

À la rentrée de septembre, l'accueil des nouveaux taupins, dont je faisais partie, fut pris en charge par les « cinq-demi », ainsi qu'on appelait les élèves qui redoublaient leur deuxième année de classes préparatoires. L'accueil en question n'était bien sûr rien d'autre qu'un bizutage en bonne et due forme. C'était assez poussé, nous avions des défis à relever, seuls ou en groupe, ou des « trésors » à ramener dans les turnes des anciens. Évidemment, si nous ne remplissions pas tous leurs désidératas, nous avions droit à des punitions, la plus classique d'entre elles étant de faire des séries entières de pompes au sol. Je me souviens que pour ma part j'avais eu pour mission de subtiliser en douce le képi d'un gardien de la paix sur la place du Capitole et de le ramener au Lycée, et tout cela… en tenue d'Adam ! Nos exploits étaient fêtés lors de soirées toujours très arrosées et pendant lesquelles nous étions tenus de chanter à tue-tête les chansons paillardes que les « cinq-demi » nous réclamaient.

Une fois passée la période initiatique du bizutage, il nous fallut entrer dans le cycle intense du travail que demandaient ces études. L'objectif était pour nous tous de préparer ces fameux concours, véritables sésames pour l'entrée dans une Grande École. Ce système d'éducation élitiste est une exception française qui n'a pas d'équivalent ailleurs dans le monde. En dehors de ceux qui, comme moi, venaient des quatre coins du sud-ouest de la France, les classes préparatoires du Lycée Pierre de Fermat accueillaient également tout un contingent d'élèves étrangers et surtout d'Afrique du Nord, des Algériens, des Marocains et des Tunisiens. Des rencontres qui me donnèrent la possibilité d'approfondir mes connaissances du monde arabe et musulman et même d'expérimenter la pratique du ramadan. Très vite, se dévoilaient les capacités et les méthodes de travail des uns et des autres. Il y avait les grosses têtes qui, sans effort, comprenaient et réussissaient tout, les laborieux qui souffraient et bossaient autant qu'ils le pouvaient pour rester dans la course, et puis ceux qui se rendaient compte assez rapidement qu'ils n'étaient pas faits pour ça. Quant à moi, je voyais bien que je faisais partie d'une bonne moyenne, et prétendre à de bons résultats aux concours me semblait parfaitement envisageable.

J'étais impressionné par le niveau de nos professeurs. Je me souviens de l'un deux, monsieur Castanet qui avait été, trente ans plus tôt et jeune normalien, le professeur de ma mère. C'est lui qui nous soufflait doucement, lorsque nous butions sur un problème, « Aide-toi, le ciel t'aidera ! ». Il y avait aussi le professeur de chimie qui nous apprenait à résoudre numériquement de tête et avec précision les équations différentielles. Et puis celui de physique, ma matière préférée entre toutes, qui nous décrivait avec force de détails et quelques travaux pratiques, les expérimentations récentes qui soutenaient les hypothèses les plus folles de la physique moderne. Nous nous sentions appuyés dans nos efforts car ils savaient, par leurs encouragements, nous donner à la fois l'humilité et le courage nécessaire pour nous maintenir dans un rythme de travail effréné. Jamais nous ne perdions de vue la perspective des concours en fin de deuxième année et de troisième année pour les redoublants, ce qui fut mon cas. Ainsi l'essentiel de notre temps était consacré à ce bachotage intense réglé par les colles hebdomadaires, où chacun de nous se retrouvait face à un professeur à devoir résoudre un exercice extrait des annales. Ces colles agissaient comme un baromètre permanent de notre potentiel de réussite à ces fameux concours. Curieusement, dans ce contexte de compétition qui nous poussait à toujours travailler plus pour obtenir les meilleures places, c'est toujours la camaraderie qui l'emportait. On se supportait mutuellement dans notre détermination à aller jusqu'au bout.

Bien sûr, dans cette ambiance de travail acharné, de discipline nécessaire et de rigueur, nous avions besoin parfois de soupapes pour faire retomber la pression. Les dortoirs devenaient parfois le théâtre de parties de rugby endiablées, mais il nous arrivait aussi de faire le mur pour des sorties nocturnes non autorisées. Heureusement pour moi, j'avais mes propres moments de défoulement à travers le sport. J'avais alors abandonné le judo et le ski, mais je continuais à pratiquer assidûment et à bon niveau le basket au sein de l'association sportive « La violette » du Lycée Pierre de Fermat.

Enfin l'heure des concours arriva, et des résultats aussi. J'étais reçu. Pour railler ses années de taupe où le seul horizon était de travailler comme un fou dans la seule perspective des concours, je me repassais une version décalée du principe d'Archimède à savoir que tout corps plongé dans l'eau en ressort… mouillé ! Il me fallait désormais faire le choix d'une école. Ce ne serait finalement pas la Navale pour laquelle j'avais nourri de secrets espoirs, car entre temps la vie et le destin en avait décidé autrement pour moi. En effet, pendant mes études, j'avais rencontré Marie-Françoise celle qui allait devenir ma compagne, elle-même en classe préparatoire de l'École des Chartes à Pierre de Fermat. Il n'était plus question alors d'imaginer vivre une carrière en solitaire, sur les mers, éloigné de tout. Marie-Françoise était originaire de Bar-le-Duc dans la Meuse, je choisis alors l'école des Mines de Nancy, au cœur de la Lorraine. Je m'éloignais un peu plus encore de l'Occitanie, et complètement de mes rêves d'Océan.

Comme trois ans auparavant en classes préparatoires, à mon arrivée à l'École des Mines je dus d'abord, comme tous les nouveaux, passer par la case bizutage. Cette fois-ci point de chasse aux trésors nu comme un ver, mais sous prétexte de l'étude d'un projet d'installation d'une mini-turbine hydro-électrique expérimentale, un bus nous conduisit dans les Vosges. Le temps de comprendre qu'il n'y avait pas plus de mini-turbine que de projet, le bus était reparti, nous laissant seuls et perdus en pleine nature à plus de cent kilomètres de Nancy. Je dois dire que l'entraide déployée à trouver des moyens de transport pour rentrer en ville eut pour mérite de souder notre promotion.

Après trois années de travail acharné avec, comme seul objectif de décrocher les meilleures notes possibles au concours, l'entrée à l'École des Mines fut comme une révélation. Le temps ne se comptait plus de la même façon, nous n'avions plus le nez exclusivement plongé dans nos cours, et nous pouvions enfin prétendre à une vie sociale. Avec tout ce temps libre, je pouvais renouer avec certains loisirs et surtout refaire du sport comme au temps de mes études secondaires à Albi. Je pris véritablement conscience de mon accent du Midi la première fois que je posai une question à l'un de nos professeurs. De voir alors tous les yeux d'un amphi entier se tourner vers moi ce jour-là, me donna l'impression d'arriver tout droit d'une autre planète. Et comme pour tout, on s'y habitua.

La vie sociale et culturelle était riche à Nancy, berceau de l'art nouveau. J'appris que la place Stanislas, grandiose et magnifique tenait son nom du duc de Lorraine Stanislas Leszczynski qui l'avait fait bâtir au dix-huitième siècle. Nous allions à de nombreuses soirées Marie-Françoise et moi, mais aussi à des spectacles, des événements et des rencontres. J'avais fait l'acquisition de ma première voiture, une Renault 4 que j'entretenais moi-même car je n'avais rien perdu de mes aptitudes en mécaniques acquises chez mon grand-père Alfred. Ce qui ne l'empêcha pas de finir à la casse à la suite à un accident. Grâce à l'aide de mes parents je pus m'offrir alors une Renault 5 avec laquelle nous partions à la découverte du Grand Est, une région que Marie-Françoise m'apprenait à connaître.

Depuis que j'étais entré à l'École des Mines de Nancy, je rêvais désormais d'embrasser une profession qui me permettrait d'entrer dans une grande entreprise industrielle d'envergure internationale. Il faut dire que nous vivions en France l'époque d'une nouvelle révolution industrielle, avec des hommes d'État et des dirigeants visionnaires dont l'ambition était de placer la France au premier rang des puissances mondiales. Ils ne craignaient pas de se lancer dans des projets audacieux et de développer de grands programmes technologiques et industriels. Pour n'en citer que quelques-uns, il y avait le Concorde, le Séquentiel couleur à mémoire (SECAM) le Train Grande Vitesse (TGV), le Commissariat à l'énergie atomique (CEA), les centrales nucléaires d'EDF, etc. Et que dire des grands groupes industriels privés qui faisaient résonner à l'international les noms d'infatigables et remarquables entrepreneurs comme Dassault ou Michelin ?

Je me souviens de notre professeur d'informatique qui en revenant de Californie nous avait parlé d'un certain Steve Jobs qui fabriquait dans son garage des ordinateurs munis d'un clavier de la taille d'une boite de chaussure. Nous, nous en étions encore à programmer laborieusement en langage Fortran ou Cobol avec des cartes perforées sur un Iris 80 de la Compagnie Internationale pour l'informatique (CII), fruit du grand plan Calcul lancé dix ans plut tôt par le général de Gaulle. En cours d'énergie, Mr Gunther, issu du prestigieux corps des Mines, pur produit du rationalisme scientifique et défenseur de la science au service du progrès, nous enseignait que les nouvelles centrales nucléaires pouvaient résister à tout, y compris à la chute d'un Boeing 747, mais c'était bien sûr avant les accidents nucléaires de Three Misle Island en 1979, de Chernobyl en 1986 et Fukushima en 2011. Les cours des matières technologiques telles que la physique des matériaux, qui avaient retenu mon intérêt, étaient associés à de nombreux travaux pratiques dans les laboratoires scientifiques enfouis dans les sous-sols de l'école. C'est ainsi que je pus participer à la réalisation de monocristal de silicium, servant à la fabrication des puces électroniques et panneaux photovoltaïques, qui étaient déjà une grande spécialité des laboratoires de recherche de l'école.

Tous les cours me permettaient de me frotter à toutes les sciences et les techniques qu'un ingénieur devait connaître. Mais l'École des Mines de Nancy avait une spécificité qui la caractérisait, celle de proposer, en plus des matières classiques et communes à toutes les écoles d'ingénieurs, un enseignement plus universel à travers des matières comme la sociologie, le droit du travail ou encore la psychologie. Elle voulait faire de ses élèves des ingénieurs humanistes dont je veux bien me réclamer aujourd'hui, nourri par ces années d'étude associées aux valeurs héritées de mes parents.

L'enseignement dans les Grandes Écoles d'ingénieur réservait de longues périodes par an à des stages en entreprise pour permettre aux étudiants de se confronter au monde du travail. Le stage de première année était un stage dit « ouvrier », celui de deuxième année, un stage « technicien », et celui de troisième année un stage « ingénieur ».

Je choisis de faire mon stage « ouvrier », celui qui devait être ma première expérience professionnelle, aux Houillères de Carmaux-Albi. Cette compagnie minière ne m'était pas inconnue. C'est mon père d'abord qui m'en avait beaucoup parlé. Admirateur de Jean Jaurès, il m'avait raconté comment ce socialiste dans l'âme avait soutenu la grande grève des mineurs de Carmaux en 1892. Et j'en avais entendu parler aussi par plusieurs de mes camarades de classe secondaire à Albi, eux-mêmes fils de mineurs. Mon choix dicté par le désir de voir de plus près ce monde digne d'un roman de Zola me donnait aussi l'occasion, et ce n'était pas négligeable, de passer du temps auprès de mes parents chez qui j'allais loger.

Avant toute chose, comme tous les nouveaux embauchés à la mine, je devais d'abord suivre une formation préventive intense destinée à me sensibiliser aux risques de ce métier. En effet, c'était un travail périlleux et nous devions pouvoir être capables de prévenir et d'éviter les dangers, quels qu'ils soient, comme les coups de grisou ou les accidents corporels. On m'affecta à Cagnac, au Puits de Camp-Grand. Je faisais partie de l'équipe de nuit composée de cinq ouvriers qui manœuvraient une haveuse à près de trois cents mètres sous terre. Ils utilisaient parfois même de la dynamite pour extraire le plus de charbon possible. Ma première tâche fut d'apprendre à « tailler des crayons ». Il s'agissait de façonner à la hache les énormes affuts de bois destinés à soutenir la galerie une fois le charbon extrait. J'apprenais les bases de ce métier de mineur, un métier difficile et dangereux dont il fallait gérer les risques mais où l'entraide était une des valeurs essentielles. À la pause, nous partagions notre repas en observant les rats affamés courir autour de nous. Et tous les jours, à la fin de notre journée de travail, nous nous lavions mutuellement sous la douche pour retirer les moindres traces de poussière de charbon qui pouvait s'immiscer jusqu'à l'intérieur de nos paupières. Je me souviens d'un jour, alors que nous nous apprêtions à dynamiter la roche qui nous empêchait d'avancer dans la veine de charbon, un jeune ingénieur, chef de site nouvellement nommé et qui passait par là, s'était mis en tête de nous donner son avis sur la marche à suivre. Des conseils fort peu avisés et pour le moins malencontreux. Monsieur Seccoto, notre chef d'équipe, un immigré italien très expérimenté, en colère devant tant d'ignorance, l'avait menacé avec son pic en lui disant d'aller se faire voir là-haut et de le laisser faire son travail. Ce jour-là, grâce à monsieur Seccoto, je recevais ma première leçon de management avec sa règle de base : délégation et respect des compétences.

Au cours de mon stage, j'eus l'occasion de visiter d'autres sites des Mines de Carmaux. Sur l'un d'eux, je découvris une autre technique d'extraction alors encore en expérimentation, dite de « sous-tirage », mais qui n'était pas applicable partout.

Elle demandait une utilisation massive de dynamite pour faire éclater une veine de charbon plus large et plus épaisse, ce qui pouvait avoir, à terme, des conséquences fâcheuses, notamment provoquer des mouvements de terrain dans la mine comme en surface. Par ailleurs, comme le ramassage se faisait par une pelleteuse télécommandée, l'opérateur perdait le contrôle direct de l'extraction de la matière.

La visite du service en charge de la sécurité et de la santé fut particulièrement instructive. J'en appris un peu plus sur la silicose, cette maladie pulmonaire provoquée par l'inhalation de particules de poussière de silice. La silicose faisait rage parmi les ouvriers malgré toutes les précautions lors de l'exploitation pour neutraliser ces particules. Chaque ouvrier bénéficiait d'un intense suivi médical pendant sa carrière mais aussi à sa retraite. Cela permettait de mesurer l'importance des dégâts sur la santé des mineurs. Pour les pays comme la France où le développement social était bien avancé, il était clair que, sans un changement majeur de méthode d'extraction, ce type d'exploitation des mines était condamné. C'est en 1997 qu'eut lieu la fermeture du site de Carmaux.

J'étais heureux d'avoir pu visiter aussi lors de ce même séjour, « la découverte », la mine à ciel ouvert de Decazeville dans l'Aveyron. Au fond d'un immense trou, creusé au fil des années d'exploitation en forme de cône inversé, le charbon était dynamité puis ramassé à la pelleteuse pour être chargé sur de gros camions. Malgré une meilleure productivité et des risques modérés pour ses mineurs, le site ferma lui aussi ses portes en 2001. C'était l'époque où le programme de construction de centrales nucléaires d'EDF prenait son essor…

Le directeur des Houillères de Carmaux-Albi était lui-même un ancien de l'École des Mines. Un jour, avec deux autres stagiaires ingénieurs, il nous invita à déjeuner tous les trois, dans sa magnifique résidence, où travaillaient, affectés à sa seule personne, pas moins de sept employés de maison. Je me souviens qu'il n'avait pas ménagé ses efforts pour nous convaincre d'embrasser une carrière dans les Houillères de France. Mais devant notre sérieux questionnement, il avait dû finir par admettre qu'il n'y avait plus vraiment d'avenir dans ce genre d'activité.

Je voyais arriver la fin de mon stage avec le regret de quitter mes collègues, mais aussi le soulagement de lâcher un travail si pénible et dangereux. Pour moi qui étais pourtant rompu aux activités physiques, ces trois mois passés au fond furent une expérience inoubliable qui me marqua pour la vie.

Pour le stage « technicien » de deuxième année, consacré à l'organisation du travail, mon choix se porta sur le Technicentre SNCF de Bischheim en Alsace. C'était un atelier de maintenance, de rénovation et de réparation du matériel roulant de la SNCF. L'exploitation du TGV s'amorçait en France et les premières rames commençaient à arriver. L'émergence d'un matériel très différent technologiquement demandait une réorganisation totale de l'atelier. Mais dans la redistribution des rôles, il nous fallait éviter d'une part de créer des conflits, d'autre part de laisser s'installer une forme de démotivation du personnel. En effet, tous voulaient travailler en priorité sur le TGV, et pour cause, ils y voyaient à raison leur avenir professionnel. Si j'avais déjà ressenti à Nancy certaines différences culturelles, et pas seulement l'accent, entre mon Occitanie d'origine et la Lorraine, alors à Bischheim, en Alsace, le choc des cultures fut carrément violent. Il y avait le langage d'abord, et puis le comportement des employés face au travail et à la hiérarchie. Je découvrais alors une nouvelle facette du management, celle qui nécessite beaucoup d'écoute et de patience pour comprendre le point de vue et les attentes du personnel.

Contrairement aux Houillères, la SNCF semblait avoir un avenir brillant. L'ingénieur qui encadrait mon stage était passionnant et passionné de trains, à tel point qu'il était capable de reconnaître les modèles de locomotives au seul bruit qu'elles faisaient. Lorsque mon stage toucha à sa fin, il m'expliqua comment se gérait une carrière au sein de la SNCF, il me parla des titres, de l'évolution du salaire, et puis de la retraite au bout. Un parcours connu d'avance qui n'eut d'autre effet que de m'effrayer. Je n'avais pas abandonné toute idée de devenir capitaine de bateau pour me retrouver dans une carrière aussi prévisible. Je sentais encore au fond de moi comme un appel du large qui ne pouvait se satisfaire de ce cadre prédestiné.

Pour mon stage de troisième année, celui de la spécialisation technique, je choisis d'approfondir la filière des matériaux. Bien que les deux aspects, physique et chimique du sujet dépendent intimement l'un de l'autre, c'est leur versant physique qui m'intéressait le plus. C'est grâce au professeur Agassant, également chercheur, que je pus aborder pour la première fois un domaine scientifique et technologique, celui des propriétés thermo-viscoélastiques des matières plastiques. Des mots savants pour dire les secrets du comportement de la matière plastique. Ce qui me servira plus tard dans mes débuts chez Michelin qui comme chacun le sait utilise le caoutchouc pour la fabrication des pneumatiques. Je me partageais entre Pont-à-Mousson près de Nancy pour le volet expérimental de mon stage et Sophia-Antipolis au bord de la Méditerranée pour le volet simulation. Dans ce tout jeune laboratoire, le Centre d'Étude de Mise en forme des Matériaux (CEMEF), qui venait d'émerger sur la Côte d'Azur et qui sans doute n'avait pas encore trouvé son âme, je compris que je n'étais pas fait pour une carrière de chercheur. Il m'y aurait manqué les interactions sociales et humaines qui m'étaient nécessaires.

Entre chacun de mes stages, chaque fois que je revenais à Nancy, je reprenais le basket, mais aussi le bridge et le billard. Et les ballades pour continuer à mieux connaître la Lorraine. À la fin de la première année, j'avais même participé, avec trois autres élèves, au lancement d'une Junior entreprise, l'une des premières à voir le jour en France et qui s'appelait « Mines services ». Je me souviens que mon premier contrat avait consisté à développer des états de gestion pour la Compagnie Electro-Mécanique (CEM). Ce fut pour moi l'occasion de mieux comprendre comment gérer la relation au client.

Et puis vint le moment où je dus passer la période probatoire du service militaire. Je fis mes trois jours à Auch dans le Gers, mais je ne fus pas retenu à cause d'un trop grand nombre potentiel d'appelés, supérieur au contingent que l'armée pouvait accepter. Un événement déterminant pour la suite de mon parcours. D'un coup, j'avais du temps, alors pourquoi ne pas approfondir mes connaissances dans un tout autre domaine que celui qui était le mien jusque-là ? La gestion des entreprises m'attirait de plus en plus, alors pourquoi pas un diplôme de commerce international ? Mes parents étaient d'accord pour me supporter dans ma décision et grâce à eux je pus contracter un prêt qui allait me permettre de prolonger ma vie étudiante confortablement. Parmi les cinq élèves de mon école qui s'étaient portés candidats au concours d'entrée à l'Institut Supérieur des Affaires — le nom que l'on donnait alors au MBA de HEC —, je fus le seul à être reçu. Le concours très différent de ce que j'avais connu trois ans auparavant évaluait surtout aussi bien à l'écrit qu'à l'oral nos compétences non techniques. Ce succès me valut les félicitations de mon père, d'habitude bien avare de compliments. C'est ainsi que mon diplôme d'ingénieur de l'École des Mines de Nancy en poche, je fis mes valises pour le magnifique campus de HEC à Jouy-en-Josas près de Versailles où j'allais devenir pensionnaire.

Dans ma promotion nous étions une cinquantaine d'étudiants d'horizons différents, pour moitié déjà engagés dans une vie professionnelle, et pour l'autre dont je faisais partie, fraîchement diplômé d'une grande école d'ingénieur. Un mélange qui s'avéra riche et instructif pour tous.

Dès mes premières semaines d'étude, le professeur de Finances, Jean-Louis Scaringella devint mon mentor. Il était devenu directeur de l'Institut après avoir fait HEC puis Harvard. Je me nourrissais de tout ce que je pouvais apprendre auprès de lui, de ses remarques et conseils toujours prodigués à bon escient. Je dois dire qu'ils me furent d'une grande utilité plus tard lors de mes premiers pas professionnels.

Notre école avait noué des accords avec des institutions similaires dans le monde et nous proposait des possibilités d'échanges avec des universités de villes comme Stanford, Philadelphie, Mexico, São Paulo, Londres ou encore Barcelone. Et pour moi qui rêvais tant de voyager, c'était une opportunité en or. C'est le Brésil qui m'attirait le plus, tant ce pays représentait à mes yeux les nouvelles frontières d'un monde en pleine expansion économique tout en étant un exemple réussi de décolonisation et d'intégration raciale. Sans compter que la Fondation Getulio Vargas qui recevait les étudiants de l'ISA en échange à São Paulo était une université de très haut niveau. Ainsi, neuf mois seulement après mon arrivée à Jouy-en-Josas, je refis mes valises et m'envolai avec Air France pour le pays de la bossa-nova et de la samba. Un petit contretemps m'attendait lors de l'escale à Rio de Janeiro. En effet, personne ne m'avait informé que la vaccination contre la variole, pourtant éradiquée depuis longtemps, était encore obligatoire pour voyager au Brésil. Je dus me soumettre à la piqûre avant de reprendre mon vol pour São Paulo. Et ce n'est pas la fièvre qui s'ensuivit le jour d'après qui m'empêcha de mesurer ma chance d'être là, prêt à vivre intensément et sans réserve l'aventure de ce nouveau monde.

Les choses s'organisaient de telle façon que nous avions des cours du soir à la Fondation et que la journée était consacrée à des stages en entreprise. Comme la comptabilité et la finance étaient mes matières de prédilection à ce moment-là, j'avais choisi sur les conseils de Patrick Rassat, mon professeur de fiscalité internationale, d'étudier au Brésil l'effet et la prise en compte de l'inflation sur la comptabilité et la fiscalité des entreprises. Le sujet était à cette époque-là on ne peut plus approprié, tant l'inflation atteignait des scores sans pareils. Du reste il intéressa la filiale du groupe Saint-Gobain au Brésil,

Brasilit, qui m'engagea pour mon premier stage à São Paulo. Sur place, je décrochais un deuxième stage dans une société locale visant à faire une étude de marché sur le verre moulé. Inutile de dire que j'étais bien occupé entre les cours à la Fondation et mes deux stages. Je me débrouillais comme je pouvais avec la langue, mais entre le portugais que j'avais commencé à apprendre en France et l'espagnol étudié au lycée, ça donnait un curieux mélange que mes amis brésiliens qualifiaient amicalement de « portugnol ».

Nous étions en 1978 et la question de l'inflation était au cœur des défis du monde économique libéral. Milton Friedman et l'école de Chicago prônaient le monétarisme et le Brésil était depuis des années leur champ d'expériences. Les mécanismes de correction de l'inflation introduits à tous les niveaux de l'économie et de la gestion des entreprises n'avaient qu'un impact partiel et limité du fait de la référence à un taux d'intérêt volontairement sous-estimé par le gouvernement brésilien. La conséquence et la sanction en étaient une balance commerciale déficitaire et un endettement croissant du pays, la dévaluation permanente du Cruzeiro et un marché noir local du dollar, la collecte quotidienne des liquidités replacées immédiatement pour obtenir une rémunération bancaire, autant d'effets négatifs à un développement économique vertueux du pays. La violence sociale d'un capitalisme sauvage et débridé transparaissait partout. Le matin à l'entrée des entreprises que je visitais pour mon deuxième stage, j'ai pu assister à la débauche du personnel par la concurrence à coup de promesses d'un meilleur salaire horaire faites au haut-parleur sur des camions qui emportaient vers leur futur atelier les ouvriers ainsi sauvagement recrutés.

Malgré mes études et mes obligations professionnelles, j'arrivais à dégager du temps pour profiter de la ville, découvrir sa vie colorée et bouillonnante et surtout m'imprégner de la culture locale à l'image d'une population majoritairement métissée et fière de l'être. Il émanait, tant dans la cuisine que dans la musique ou la danse, des couleurs et des parfums d'essence tropicale qui me ravissaient. La caipirinha faite de citrons verts pressés et de cachassa ou de pinga, alcool de canne à sucre local, et la vitamina, jus épais fait de fruits mixés allongé avec du lait, n'avaient plus de secret pour moi. Et aujourd'hui encore lorsque j'entends des mots comme feijoada, coxinha, churasco de picanha, pao de queijo, quidim ou brigadeiros, ils résonnent dans ma mémoire en harmonie avec les airs de bossa nova que chantaient Maria Bethania, Gilberto Gil, Caetano Veloso, Chico Buarque ou Toquino, Mucha. Et que dire de Vinicius de Moraes et Antonio Carlos Jobim avec leur fameuse « Garotta de Ipanema » ? Lors de mon séjour, j'eus la chance de visiter à Rio les fameuses écoles de samba où danseurs et danseuses, en préparation du carnaval annuel, s'entraînent à danser avec des déhanchements caractéristiques de bunda, habillés de vêtements multicolores et emplumés, dévoilant sans réserve les contours expressifs de leurs corps.

Mais impossible de parler de la culture brésilienne sans évoquer le « futebol ». Au Brésil, la passion et la ferveur pour ce sport n'ont aucune limite, à tel point que les entreprises aménagent régulièrement des arrêts de travail pour que le personnel puisse assister aux grandes rencontres. Reste gravé dans ma mémoire ce jour de match au stade Corinthians de São Paulo où des milliers de gens qui n'avaient pas pu rentrer faute de place essayaient de forcer les barrières. Je me souviens encore de leurs cris lorsque l'arbitre avait sifflé le coup d'envoi. Même la police ne pouvait rien contre cette vague humaine en délire qui ne voulait surtout pas manquer le spectacle de leur idole Socrates Brasileiro Sampaio de Souza Vieira de Oliveira, plus simplement appelé Docteur Socrates.

Dans toutes mes rencontres, il y eut également celle avec le microcosme des expatriés français. Ces gens vivaient dans une bulle faite de piscines, de parties de bridge, de fêtes tardives et bien arrosées, et bien d'autres préoccupations plutôt oisives et qui me lassèrent très vite. Moi je préférais aller à la rencontre du pays et de tout ce qu'il avait à m'offrir. J'étais curieux de tout. Grâce à Paulo et Alain, des amis brésiliens, anciens étudiants de l'ISA, je pus visiter des endroits magnifiques dans les meilleures conditions possibles.

À Foz de Iguazu, tout au sud, à la frontière de l'Argentine et du Paraguay, j'ai navigué sur le Rio Iguazu au plus près des chutes majestueuses, enveloppé dans la brume de l'eau et dans un bruit assourdissant.

À Brasilia où je ne passai qu'une journée, je fus d'abord émerveillé par la beauté architecturale de la nouvelle capitale administrative du Brésil, créée au milieu de nulle part. Le grand architecte Oscar Niemeyer, lui-même influencé par Le Corbusier, l'avait façonnée de ses immenses bâtiments alignés et posés comme des sculptures géantes. Mais après l'éblouissement des premiers instants, c'est un curieux sentiment d'ennui qui vous rattrape, et probablement ses habitants aussi.

Et puis nous sommes allés dans le Minais Gerais, un état riche de ses mines de pierres précieuses. Du reste, il y avait à Ouro Preto, la capitale historique de l'état, une école des mines qu'un Français avait créée au dix-neuvième siècle pour y enseigner la géologie et la minéralogie.

À Salvador de Bahia, à Recife, à Fortaleza et sur tout le littoral du Nordeste, je m'extasiais devant les plages à l'infini sur lesquelles se détachait la silhouette d'immenses et élégants cocotiers. On y voyait les danseurs de capoeira, cette danse sportive dont j'appris qu'elle trouvait ses racines dans les techniques de combat des peuples africains du temps de l'esclavage. Je me souviens de cet immigré hollandais rencontré par hasard qui nous expliquait que sa recette pour éviter les maladies tropicales était de boire de l'eau du robinet. La seule manière, disait-il, de s'immuniser !

À San Luis au Nord, j'allai à la rencontre les seringueros, ramasseurs du caoutchouc naturel. Comme à Manaus, au cœur de l'Amazonie, l'enfer vert où convergent les eaux noires du Rio Negro et les eaux limoneuses du Rio Solimoes pour former le fleuve Amazone le plus puissant et le plus long du monde.

Et presque partout où nous passions, nous trouvions les vestiges d'une époque coloniale révolue, des églises baroques recouvertes d'or à Ouro Preto au théâtre de Manaus, sorte d'opéra jailli en pleine jungle au dix-neuvième siècle et directement inspiré du Palais Garnier. Comme un témoin de la force et du rayonnement de la culture française au bout du monde.

Cette vie toute en douceur et tendresse, nourrie de belles images et d'une tradition culturelle multiple et métissée contrastait cependant avec une forme de violence qui semblait propre à cette société en pleine ébullition. Je la ressentais à maintes reprises lors de mes longues marches à travers les banlieues de São Paulo, dans les favélas de Rio de Janeiro ou dans les ruelles de Salvador de Bahia. Mais il n'y avait pas que dans les villes que cette violence s'exprimait. Elle était présente partout dans la nature luxuriante où la flore tue et mange la faune, qui elle-même tue et mange les humains.

C'est à Belém, en décembre 1978, juste avant Noël, que prit fin mon séjour au Brésil. Après dix mois d'une vie intense riche de découvertes et de sensations fortes de tous les instants, je rentrai en France.

J'avais vécu des choses incroyables, je repartais la tête remplie de couleurs, de saveurs et d'essences indélébiles, d'expériences fortes parfois difficiles à raconter tant ce pays était celui des extrêmes. À l'image de ses deux scènes dont je fus le témoin dans les dernières étapes de mon voyage et que je garderai en mémoire : celle d'un enfant à San Luis tapant en l'air dans un ballon pour faire tomber les fruits murs des manguiers et papayers ; et celle à Belém de cette femme qui pour nourrir sa fille n'avait d'autre solution que de laisser un horrible personnage abuser de celle-ci sous ses yeux.

Je quittais finalement ce pays sans regret, marqué à jamais par sa beauté éblouissante mais aussi par sa violence à faire peur. Et même j'avais été tenté par la possibilité d'une première expérience professionnelle en tant que directeur d'une mine de pierres précieuses dans le Minais Gerais, il m'avait suffi de voir comment vivaient les expatriés au Brésil pour décliner l'offre. Elle m'avait été faite par Bernard Dubu, ancien de l'École des Mines et délégué général pour la Banque Indosuez qui m'avait gentiment piloté tout au long de mon séjour dans cet état et je dois dire que son quotidien ne me tentait pas assez pour que je le fasse mien.

De retour à Jouy-en-Josas, il ne me restait que trois mois avant la fin de mes études. Je les partageais entre les cours et la rédaction d'un mémoire sur le Brésil que l'École m'avait commandité. Et bien sûr, comme tous les autres, à la recherche de mon premier emploi. Sur le campus, nous avions la visite régulière d'entreprises venues faire leur marché de nouvelles recrues. Mario un étudiant libanais de l'ISA, avec qui j'avais partagé mon long séjour au Brésil et qui était devenu un ami, me conseillait fortement de commencer par une expérience dans la finance. Je me laissai convaincre et acceptai l'offre de la banque de Paris et des Pays-Bas, qui deviendrait plus tard la banque Paribas et aujourd'hui la BNP. Mais lorsque je pris mes fonctions et me retrouvai dans les bureaux du siège rue d'Antin, en plein cœur de Paris, près de la place de l'Opéra, je pris rapidement conscience que ni le cadre de travail, ni les gens que j'y côtoyais, ni l'activité elle-même ne correspondaient à l'idée que je me faisais du métier que je voulais exercer et de l'entreprise dans laquelle je voulais travailler. Heureusement, ce n'était pas la seule proposition que j'avais reçue et au bout de quelques jours seulement je mis fin à cette courte expérience dans la banque pour rejoindre la Manufacture française des Pneumatiques Michelin à Clermont-Ferrand.

Clermont-Ferrand, mes premiers pas chez Michelin

« Cette fatalité n'est autre que vous-même. »

Pierre-Claude Nivelle de La Chaussée

Dès mon arrivée à Clermont-Ferrand que je ne connaissais pas du tout, mon installation fut facilitée par le service du personnel de Michelin. On me proposa un appartement de deux pièces que je pouvais louer temporairement en attendant de ma familiariser avec la ville et de trouver quelque chose qui me conviendrait mieux. Il était idéalement placé entre l'avenue de la République et la place des Carmes où se trouvait le siège de l'entreprise où j'allais faire mes premiers pas et où, je ne le savais pas encore, j'y ferais une carrière longue de quarante ans.

Nous étions plusieurs nouvellement embauchés, jeunes diplômés d'écoles d'ingénieurs ou de commerce, ou cadres expérimentés pour certains issus de la promotion interne, à se retrouver regroupés au rez-de-chaussée du bâtiment historique place des Carmes. Tous ces bâtiments des Carmes, même s'ils étaient bien entretenus, dataient de la fin du dix-neuvième siècle et jamais on n'aurait dit qu'ils étaient le siège d'un groupe international, leader du marché des pneumatiques.

Le passage obligé avant de se voir attribuer des fonctions précises au sein de l'entreprise était de suivre un programme d'intégration de trois mois nécessaires pour mieux connaître l'entreprise, sa culture, ses règles et ses valeurs. Le service qui s'occupait de notre intégration portait le nom de SP Stages et c'est René Zingraff — qui avait participé à mes entretiens d'embauche — qui en était le responsable. Il deviendra plus tard co-gérant. Nous avions tous des profils très différents, il régnait dans le groupe une diversité tant géographique que culturelle mais aussi des métiers et des âges, mais nous étions tous logés à la même enseigne. Pour commencer, on nous donnait à tous une veste bleue, notre tenue de travail de rigueur, un badge, une carte de pointage et un agenda téléphonique ou figurait une liste de noms et de numéros regroupés par services, eux-mêmes identifiés par une seule lettre. On nous remettait également un petit opuscule qui reprenait les grands principes du travail en référence aux paroles des deux fondateurs de l'entreprise, Édouard Michelin et son frère André. Il n'est pas un cadre de Michelin qui n'ait fait « ses classes » à SP Stages. De tous les gens que j'ai connus lors de ces trois mois, j'ai gardé pour la plupart d'entre eux des relations professionnelles, voire amicales pour certaines. C'est là que je rencontrais pour la première fois le chemin d'un certain Carlos Ghosn, dont, par la suite, j'allais recroiser la route à plusieurs reprises. Ce stage d'intégration de trois mois s'apparentait également à une période d'essai sanctionnée par l'obtention d'un contrat de travail. Nous assistions à des conférences où les responsables des différents services du groupe venaient nous présenter les activités de Michelin en France et à travers le monde, ce qui était une façon de nous familiariser avec « la maison ». Mais surtout ce temps devait être dédié à traiter ce qu'on appelait des « questions de stage » dont le but était de tester les aptitudes comportementales des stagiaires. Aujourd'hui on appellerait cela des « soft skills ». Pour mon premier sujet, on me demanda d'évaluer l'opportunité d'acheter une nouvelle génération de moteurs électriques à faible perte. Il me fallait donc recenser le parc et les besoins de l'entreprise en France. Mais comme je n'étais encore que stagiaire sans contrat définitif, les portes des ateliers ne m'étaient pas ouvertes. Il me fallut trouver une autre façon de travailler et me contenter d'échanges téléphoniques. Il me semblait que tout cela était un peu contradictoire avec le principe d'« aller au fait » prôné par Édouard Michelin. J'eus finalement accès à l'atelier de retorderie des câbles textiles, composants essentiels du pneumatique, où je me rendis compte que des lignes de moteurs Michelin datant de 1913 étaient toujours opérationnelles et maintenues ainsi. Rapidement, je fis une estimation du nombre de moteurs utilisés par Michelin, du temps d'utilisation de ces moteurs, et j'établis une formule de calcul pour déduire une opportunité économique.

Ma deuxième question était assez simple et concernait un problème de récupération de TVA sur facture. Sa résolution fut assez rapide et me permit de passer à la troisième question. Cette fois, je devais répertorier tout ce qui avait un rapport dans l'entreprise avec le poids des pneumatiques. Tous les domaines étaient concernés, de la recherche à la production, en passant par le calcul du prix de revient ou encore les informations apparaissant sur les catalogues ou les factures. En fait, il s'agissait de vérifier la cohérence de cette notion de « poids du pneumatique » en remontant à sa source, son mode de calcul sa mise à jour dans les bases de données, et son utilisation à tous les niveaux de l'entreprise. Ce fut un travail qui me demanda beaucoup de temps, si bien que lorsque sonnèrent la fin des trois mois et le verdict de la période d'essai, je ne l'avais pas encore totalement bouclé. C'est ce que me fit remarquer avec solennité

Serge Palard, notre moniteur de stage lorsqu'il me confirma mon contrat de travail.

Je commençais ma carrière chez Michelin en tant qu'ingénieur et cadre, tel que le voulait la convention du caoutchouc qui régit les règlements et droits des employés de ce secteur industriel en France. Pour ma première affectation, je me retrouvais au département OGEP du Service O, en charge du design industriel des pneumatiques. J'étais ravi de pouvoir me plonger ainsi au cœur de la technologie du fameux pneu radial et de ses secrets de fabrication. On me confia l'étude d'un pneu d'hiver révolutionnaire dont la bande de roulement — la partie du pneu en contact avec le sol — se voyait enfin débarrassée des clous métalliques qui avaient le fâcheux inconvénient d'user anormalement la route et de faire du bruit. À la place, de nombreuses entailles fines et profondes qui relevaient d'un défi technique moulaient cette sculpture sans défaut d'aspect. En quelques mois, en collaboration étroite avec les bureaux d'étude, les ateliers d'essais, le service qualité et les usines, mais aussi encouragé par le même Serge Palard, devenu entretemps directeur commercial de Michelin France, nous trouvions une solution originale de moulage à base d'un système d'évacuation de l'air presque invisible. Cela nous permit de fabriquer le pneu en série et de le commercialiser dès l'hiver 1980. Depuis, le pneu dit « à lamelle » a fait le tour du monde et a tout simplement remplacé le pneu à clous.

Au bout d'un an, je fus nommé responsable d'une équipe de techniciens qui avaient en charge les pneus géants de génie civil. Ceux-ci étaient fabriqués, en France dans les usines du Puy-en-Velay, de Monceau-les-Mines et de Tours, en Espagne dans celle de Vitoria et au Canada dans celle de Waterville. Dans le marché des pneumatiques, le génie civil était l'un des segments les plus profitables et je savais que la mise au point de nouvelles architectures de la structure de ce type de pneus pouvait être déterminante pour asseoir le leadership mondial de Michelin. Le défi était de taille mais passionnant. Il nous fallait tout d'abord améliorer l'ergonomie des conditions de leur fabrication. Et pour mieux comprendre, j'avais moi-même essayé de fabriquer l'un de ces pneus dans l'atelier d'essai de Cataroux à Clermont-Ferrand. Je me revois encore, sous l'œil attentif mais quelque peu amusé des ouvriers, tenter d'assembler à la main les lourds composants, ou encore toujours à la main, de mettre en place, à l'aide d'une énorme barre qu'on appelait « le crayon », la membrane préchauffée à l'intérieur du pneu avant de l'introduire dans la presse de cuisson où il est censé prendre sa forme finale. Inutile de dire que toutes mes tentatives furent totalement infructueuses, mais elles furent décisives dans ma motivation à trouver des solutions techniques, puis industrielles pour que les opérations manuelles n'aient plus leur place dans notre monde moderne. Dans cet atelier d'essai, je repensais à ce jeune ingénieur au fond de la mine à Cagnac qui cherchait à donner des leçons au chef d'équipe et je me souvenais de la leçon apprise ce jour-là. C'est grâce à elle sans doute que je pus m'intégrer et me faire accepter par toute mon équipe.

L'autre défi que nous avions à relever était d'optimiser le temps de cuisson de ce type de pneumatique. Leur taille et leur masse associées à la propriété isolante du caoutchouc retardaient le démarrage de la réaction de vulcanisation qui donnaient aux matériaux leurs propriétés physiques finales, la rigidité, l'élasticité et la résistance. Plusieurs heures étaient nécessaires pour pouvoir mouler puis vulcaniser un pneu dans son moule et la presse de cuisson. Tel un cuisinier qui surveille sur le feu la cuisson de son gigot, son agneau ou sa dinde, j'appris à maîtriser les températures et le temps pour obtenir un pneu « à point ». Nous développions ainsi des procédés originaux et toujours frappés du fameux secret Michelin.

Mais en dehors de toutes les recherches que nous faisions pour améliorer le procédé de fabrication, il y avait aussi les défis lancés par nos clients eux-mêmes. Des sociétés pour la plupart internationales, comme Liebher et ses grues mobiles, Clark Michigan et ses chargeuses, Caterpillar ou Komatsu et leurs camions géants, nous demandaient de fabriquer des pneus permettant de porter plus, de résister et de durer plus, de supporter des vitesses de plus en plus élevées, etc. L'un des plus fous fut la mise au point d'un pneu géant capable de porter cent tonnes de charge à une vitesse de soixante kilomètres par heure. La technologie radiale appliquée aux pneus d'engins de génie civil faisait ainsi des merveilles. Mais nous avions aussi des demandes saugrenues, de celles qu'on déclinait, comme celle de cette mine de sel qui, pour ne plus voir de débris d'usure des pneus dans le sel de table, avait demandé qu'on lui fabrique des pneus blancs.

Pour toutes ces demandes spécifiques, avant même de lancer la fabrication, il fallait d'abord développer, tester et qualifier le produit. C'est à Almeria dans le sud de l'Espagne que se trouvait le centre d'essais Michelin dédié aux tests des pneus génie civil et agricoles. Le Centre Étude Michelin d'Almeria (CEMA) était unique au monde par sa taille de quatre mille cinq cents hectares, mais il avait aussi le mérite d'avoir un climat stable tout au long de l’année. Nous y allions depuis Aulnat, l’aéroport de Clermont-Ferrand, par un vol direct de deux heures, assuré par un avion Michelin. Nous survolions la Chaîne des Puys, les Pyrénées, pour arriver en Sierra Nevada. Après de longues journées de travail à observer le supplice éprouvant infligé aux futures solutions techniques, nous partagions avec nos collègues espagnols de délicieux dîners de cuisine locale, bien arrosés de vins d’Andalousie.

Je repensais parfois aux Houillères de Carmaux-Albi et au stage que j’y avais fait quelques années plus tôt qui m’avait permis de voir les limites humaines du travail au fond des mines. Aujourd’hui, je me rendais compte que mon travail chez Michelin contribuait au développement rapide et adapté de l’exploitation des mines à ciel ouvert à travers le monde, permettant la future croissance économique mondiale, que pourtant, le Club de Rome avait annoncée limitée peu de temps auparavant.

Je passais quatre années passionnantes au sein de l’OGEP, au terme desquelles on me proposa de rejoindre l’équipe de recrutement des ingénieurs et cadres. Notre mission était de faire connaître dans les grandes écoles et les universités les opportunités de carrière chez Michelin, de sélectionner des candidats parmi les étudiants et de leur proposer des stages. Il s’agissait de parcourir les routes de France, d’aller au-devant des étudiants et de leurs professeurs pour leur faire découvrir ce que le Groupe Michelin pouvait leur offrir comme parcours professionnel. Mon mentor qui recrutait les commerciaux me raconta comment, parmi une cinquantaine d’étudiants réunis dans un amphithéâtre, il détectait rapidement les talents commerciaux en les faisant simplement participer à une histoire, celle d'un client qui ramène chez un horloger une montre qu'il vient seulement de lui acheter.

François Michelin m'appela lui-même plusieurs fois pour me demander comment je comptais m'y prendre pour attirer des étudiants à Clermont-Ferrand. Il faut dire que l'image de la ville était loin d'être à la hauteur des besoins de l'entreprise alors en pleine croissance. Il m'écoutait lui exposer la façon dont je comptais m'y prendre, me posait des questions, et peu à peu m'amenait à formuler des pistes d'action auxquelles peut-être je n'aurais pas songé, en me convainquant qu'elles étaient les bonnes. Il terminait toujours en disant « écoutez les étudiants, comprenez leurs attentes, et vous y arriverez ». Un jour lors de l'un de ces voyages professionnels, je me retrouvai avec François Michelin à bord d'un hélicoptère qu'il pilotait lui-même. Je compris alors combien il attachait d'importance à la qualité du recrutement des hommes et des femmes appelés à rejoindre la maison. Je découvrais la personnalité extraordinaire de cet homme qui dirigeait depuis 1955 l'entreprise créée par son grand-père Édouard, et devenue sous sa direction le leader mondial du pneumatique.

Mon travail consistait à mener des entretiens d'une heure avec les étudiants candidats aux stages et au recrutement. J'en voyais plusieurs dizaines par semaine, avec la lourde responsabilité de décider si oui ou non, il y aurait une suite au premier entretien. Je découvris que seules les questions ouvertes permettaient de vraiment comprendre les motivations et la personnalité de chacun. Mais la vraie question que je devais me poser après l'entretien, et poser aussi à toutes les personnes de Michelin qui y avaient assisté était « avons-nous envie de travailler avec cette personne ? ». C'était la question qui présidait à la décision finale de son recrutement. Je dois dire que ce travail était un apprentissage extraordinaire de communication mais une sorte d'introspection où l'on se découvre soi-même à travers les autres.

Par ailleurs, cette mission de recrutement, dans tout ce qu'elle avait de particulier, me donnait accès à la plupart des responsables du groupe pour l'organisation des stages. Il m'arrivait, après avoir rencontré un bon candidat, de faire définir par le service concerné un sujet de stage quasi sur mesure pour le lui proposer. Il était alors impressionné tout à la fois par la réactivité, le sérieux et l'adéquation de la proposition à son souhait. Il en allait aussi de la bonne image de Michelin, celle qui devait attirer de nouveaux postulants. C'était bien là le cœur du plan d'action que j'avais partagé avec monsieur François et que j'avais maintenant une grande motivation à exécuter et faire réussir.

Voilà quelque temps maintenant que j'étais véritablement entré dans ma vie professionnelle. Les congés avaient une limite de temps et nous devions organiser nos vacances de la meilleure manière possible. J'avais rencontré chez Michelin un jeune ingénieur comme moi, Michel, qui lui aussi était passionné de mers et d'océans. Ensemble, avec Évelyne, une amie, et Marie-Françoise, nous organisions des croisières en voilier qui nous amenèrent en Corse, en Bretagne, en Irlande ou encore aux Açores à mi-chemin entre le Portugal et l'Amérique. Je pouvais ainsi assouvir mes rêves d'enfance en faisant le cap, en manœuvrant les voiles des bateaux, et en naviguant avec le vent. Et comme j'avais une bonne résistance au mal de mer, c'est moi qui cuisinais pour tout l'équipage. Quelles joies et quelles sensations de faire un quart de nuit en plein milieu de l'Atlantique, d'amener le bateau à surfer sur une houle gigantesque, de dormir allongé dans un duvet au seul bruit de l'eau caressant la coque, ou de scruter l'horizon à l'infini pour repérer des nuages en formation ou des gros bateaux qui croiseraient notre route. Nous eûmes bien sûr à faire face à quelques incidents comme ce jour où, lors d'une tempête, notre monocoque de quarante-cinq pieds, heureusement en aluminium, heurta une énorme bille de bois en plein milieu de la Manche. Ou cette fois, au large de la Corse, lorsque la baume, mal maîtrisée par un équipier, vint frapper violemment ma tête. Une fois à terre, dans les montagnes corses, c'est un vétérinaire qui me posa les sept points de suture dont j'avais besoin.

En dehors de ma passion pour la mer, le goût des voyages de découverte était toujours aussi présent. Et c'est ce goût qui nous entraîna, encore avec Michel, Marie-Françoise et Évelyne sur les routes de Thaïlande jusqu'aux limites du Triangle d'or, à la frontière du Laos et du Cambodge, sur les sentiers du Népal où, à plus de cinq mille mètres d'altitude, vous levez la tête pour voir les sommets des montagnes qui vous entourent. Je me souviens d'un matin très tôt, avoir vu dans la nuit noire, les tout premiers rayons du soleil levant s'accrocher sur un glacier au sommet de l'Annapurna et peu à peu finir par briller comme un diamant dans la nuit encore étoilée.

Parmi tous mes centres d'intérêt, il y avait bien sûr la musique. Chaque année à la fin de l'été, je participais au festival de La Chaise-Dieu, qui se déroulait dans la magnifique abbatiale de cette bourgade de Haute-Loire. L'impressionnante peinture murale du quinzième siècle qui orne l'abbaye, « La danse macabre » est là pour nous rappeler les calamités provoquées alors par la peste noire en Europe, mais aussi pour nous dire que la mort n'épargne ni les petits, ni les grands. Ce festival de musique classique consacré à la musique sacrée avait été créé en 1966 par le pianiste virtuose hongrois Georges Cziffra dont la dernière apparition, seul face à son immense piano Steinway sur la scène drapée de velours rouge, me donne encore des frissons.

Et puis il y avait aussi le sport automobile auquel je m'intéressais à nouveau. C'est vers cette époque-là que j'entrais en contact avec Pierre Dupasquier, le directeur de la compétition Michelin, et grâce à lui je me rapprochai de la compétition de Formule 1. Avec sa technologie radiale, Michelin dominait dans cette discipline depuis 1977. Mais au cours de l'année 1983, j'assistai aux débats internes qui aboutirent pour des raisons financières au premier retrait de Michelin, alors au faîte de cette discipline. J'avais rencontré Pierre à travers cette passion du sport automobile, mais plus tard j'eus à nouveau l'occasion de travailler avec lui à de nombreuses reprises.

Et enfin, je continuais à jouer au bridge, une pratique que je n'avais jamais abandonnée. Dès mon arrivée chez Michelin, il s'était créé un petit groupe de nouveaux embauchés adeptes de bridge. C'est ainsi que je fis vraiment connaissance avec Carlos Ghosn. Pendant les trois mois d'intégration, nous n'avions fait que nous croiser, puis nous avions eu un peu plus de contacts au début de nos carrières respectives, alors que je dirigeais l'équipe technique des pneus de génie civil et que lui-même était directeur de l'usine du Puy-en-Velay. Mais c'est vraiment lorsque nous nous sommes retrouvés dans cette passion commune du bridge que nous avons noué des liens plus réels.

Comme nous étions d'un bon niveau lui comme moi, nous nous engageâmes ensemble dans de nombreux tournois locaux et régionaux. S'il était un homme qui impressionnait au premier abord, l'intimité intellectuelle que nécessite le jeu de bridge me permit de mieux le connaître. Carlos était d'une intelligence vive, ouvert et ambitieux et peut-être un peu mythomane. Pas très chaleureux, il parlait vite et me faisait penser à une sorte d'ordinateur qui donnait ses conclusions sans laisser de place au débat. Il n'était pas facile d'avoir un débat contradictoire avec lui mais la relation particulière que deux partenaires de bridge peuvent et doivent avoir, nous permettait de dépasser ces barrières et de tout se dire. Il nous arrivait souvent de préparer nos tournois autour d'un couscous au restaurant « la bouffe de Tunis » à Clermont-Ferrand, et puis d'avoir des discussions enflammées après des rencontres, lorsque nous nous repassions la partie. Carlos pratiquait régulièrement des coups de bluff qui désarçonnaient les équipes adverses et moi aussi parfois alors que j'étais son partenaire. Je me souviens de Rita, sa future épouse, et de sa perplexité de nous entendre un jour, alors que nous revenions de deux journées de tournoi à Lyon, débattre tous les deux à la limite de l'impolitesse.

Au bout de deux années riches et intenses à sillonner les routes à la recherche de talents prêts à rejoindre Michelin, le désir de revenir au cœur des affaires m'habitait de plus en plus. Régulièrement, avec Michel Morlet, chef du personnel et mon responsable direct, j'abordais le sujet de mon futur dans la société. Quelle serait la prochaine étape pour moi ? Au début de l'année 1985, j'eus un entretien avec lui, et je me souviendrai toujours de la façon si singulière qu'il eut de l'introduire :

— Monsieur Delmas, il faut que vous trouviez vous-même le pays de votre prochaine mission et pour ça, vous n'avez droit qu'à trois questions !

Une devinette ! Je me prêtai au jeu avec intérêt mais avec aussi un peu d'anxiété. Je réfléchis un instant, j'avais dit à plusieurs reprises mon souhait de travailler à l'international dans le domaine technico-commercial (on ne parlait pas encore de marketing chez Michelin). Je me lançais donc pour ma première question :

— S'agit-il d'un pays qui a un rapport avec de grands constructeurs automobiles ?

— Oui !

— L'Allemagne ! dis-je du tac au tac en pensant en mon for intérieur qu'il me faudrait apprendre l'allemand.

— Froid ! répondit-il en hochant la tête négativement.

Instantanément, c'est à l'Amérique que je pensai et je posai ma deuxième question :

— Est-ce sur un autre continent que l'Europe ?

— Oui !

— Les USA !

— De plus en plus froid, me dit-il.

Cela doucha mon enthousiasme et je poussai un peu plus ma réflexion : quel était donc ce pays sur un autre continent que l'Europe ou l'Amérique et qui possédait de grands constructeurs automobiles ? Bien sûr !

— Le Japon ! lançais-je.

Ma troisième tentative était la bonne, ce qui nous soulagea tous les deux.

Mais quelle surprise ce fut pour moi ! Le Japon, jusque-là hors de mon radar cognitif, n'évoquait rien pour moi si ce n'est

Sony et ses K7, Mazda et Nissan et leurs voitures sportives, ou encore Honda et ses motocyclettes. Et même si j'avais pratiqué le judo dans mon enfance, je ne connaissais rien des traditions, je ne savais rien par exemple de ces fameux samouraïs et de leur loi du bushido, ceux qui avaient osé affronter les États-Unis d'Amérique dans la guerre du Pacifique qui se termina par le feu nucléaire d'Hiroshima et de Nagasaki et leur défaite absolue.

Je me mis à lire et étudier tout ce qui me tombait sous la main au sujet du Japon et surtout à prendre des cours de japonais. Je passais mon temps à répéter des phrases apprises par cœur.

Je dus rencontrer plusieurs responsables de Michelin, de ceux qui souhaitaient m'expliquer ce qu'ils attendaient de moi. Ma mission au Japon ne se limitait pas seulement à établir de relations techniques avec les constructeurs japonais, mais s'ouvrait également sur l'évaluation des marchés d'Asie. Michelin voulait les conquérir avec la mise en place de moyens techniques alors même que l'entreprise n'avait encore aucune usine dans cette région du monde. J'étais tout à la fois inconscient de l'immensité de la tâche qui m'attendait, et ravi et fier de la confiance qu'on me témoignait en me confiant une telle mission. Sans compter qu'elle correspondait exactement à ce que j'espérais depuis plusieurs années.

À la conquête du Japon…

« Les voyages forment la jeunesse »

Michel de Montaigne

Le groupe Michelin poursuivait son évolution, s'engageant dans un grand mouvement de développement et d'extension. Ainsi, après l'Europe et l'Amérique du Nord, voilà que l'Asie devenait pour lui une nouvelle zone opérationnelle. Et le Japon était le pays qui en émergeait comme la nouvelle puissance économique du monde. Ezra Vogel, dans son best-seller au titre évocateur « Japan as number one », le décrivait comme un acteur industriel d'une efficacité redoutable capable de défier les États-Unis.

En mai 1985, le directeur de la Recherche et du Développement, Jean-Claude Gozard, et Pierre Desmaret, directeur de la zone Asie nouvellement créée, organisèrent un voyage pour que je puisse prendre mes premiers contacts et commencer à me familiariser avec ce qui allait devenir mon seul terrain de jeu. Albert Mathevet, directeur du développement des pneus tourisme, qui lui-même, avait déjà visité à plusieurs reprises les constructeurs automobiles japonais et coréens, m'accompagnait dans cette expédition.

Le vol fut long et ne dura pas moins de dix-neuf heures. Après une escale à Anchorage où, dans un demi-sommeil, on put voir et saluer le grand ours blanc qui trône dans le hall de l'aérogare, on atterrit enfin à Narita. Là, sans souffler, les visites s'enchaînèrent au pas de course, me plongeant directement dans le vif du sujet : Honda à Tochigi, Nissan à Atsugi, Toyota à Toyota City et Sumitomo Rubber à Kobe. Ce dernier venait d'acquérir les droits de la marque Dunlop et ce fut pour nous l'occasion d'évoquer le nouveau standard de roue TDX développé en commun par nos deux sociétés. Nous nous déplacions en Shinkansen[1], mangions japonais et dormions dans des hôtels d'affaires. Partout, j'étais présenté comme le futur « Technical General Manager », ce qui, je le voyais bien, n'avait pas l'air d'impressionner mes interlocuteurs. Ils me posaient tous beaucoup de questions techniques très précises auxquelles je ne m'étais pas préparé à répondre. Je me retrouvai alors dans une position d'observateur légèrement frustrante d'autant que même si, grâce à mes cours de japonais, je parvenais à capter quelques mots, je n'en restais pas moins dépendant de mes traducteurs. Malgré mes efforts en japonais, et malgré aussi la forte confiance que j'avais dans la technologie et l'image de Michelin, je ne pus m'empêcher de me sentir déstabilisé lors de ces premiers meetings avec les responsables de haut niveau. Il allait me falloir surmonter un immense défi linguistique et je me sentis encore plus motivé pour apprendre le japonais. Entre deux visites on prit le temps de rencontrer le personnel de Nihon Michelin Tire à Shinjuku et de parer aux premiers préparatifs de mon installation prochaine à Tokyo.

Avant de rentrer en France, nous fîmes d'abord escale en Corée pour que je puisse y rencontrer mes futurs interlocuteurs de Hyundai dans leur unique centre technique, l'usine d'Ulsan. Autant le Japon m'apparaissait plutôt hermétique car lisse et complexe à la fois, autant la Corée du Sud me semblait plus

---

[1] Le Shinkansen est le système de train à grande vitesse en service au Japon. Ce nom désigne aussi bien les trains que l'infrastructure.

lisible, plus facile d'accès. Ce pays sorti vingt ans plus tôt de la pauvreté absolue après une guerre fratricide sans vainqueur se développait à une vitesse accélérée. Personne ici ne pouvait oublier que deux ans plus tôt, un avion de la Korean Air Line (KAL) avait dévié de sa route au large du Kamchatka avec deux cent soixante-neuf passagers à son bord, avant d'être abattu par la chasse soviétique. Comme le Brésil, la Corée du Sud était encore une dictature militaire, prise dans l'étau de la guerre froide, mais se distinguait par sa culture confucéenne et surtout par une population homogène, travailleuse. Et malgré ce régime politique avec des généraux au pouvoir qui ne manquaient jamais une occasion de se montrer dans les lieux publics, la société était si structurée qu'on sentait vibrer dans tout le pays une énorme soif d'apprendre et une détermination à progresser vite. Du reste, les fameux « Chaebols », conglomérats industriels coréens comme Hyundai, Daewoo ou Samsung, se projetaient désormais dans le concert de la compétition mondiale.

À l'issue de ce voyage, je comprenais qu'un nouveau monde m'entrouvrait ses portes tout en me disant : « à toi maintenant de me comprendre, de t'intégrer et d'y faire ta place… ».

À mon retour à Clermont-Ferrand, je me consacrais à des tâches telles que mon déménagement ou la vente de ma voiture, tout en poursuivant assidûment l'apprentissage du japonais. Mais il me fallait aussi, lors de ces dernières semaines à Clermont, m'employer à la préparation des projets professionnels auxquels j'aurais à me consacrer. Cette période de transition fut l'occasion pour moi de rencontrer un bon nombre de dirigeants de Michelin, qui avaient tous, à la perspective de mon installation au Japon, autant de questions à soulever, d'idées à suggérer que de conseils à me donner. Quelques jours avant mon départ, c'est François Michelin lui-même qui m'appela pour me faire part de ses recommandations personnelles. Je me souviens qu'il avait terminé son propos par ces commentaires, « Vous avez de la chance d'aller au Japon, vous vous levez avant tout le monde », et d'ajouter d'un air taquin, « et comme il est difficile de s'y retrouver sans bien parler la langue, celui qui viendra de Clermont-Ferrand et qui vous dérangera dans votre travail, vous n'aurez qu'à le laisser à Narita ! ». Des mots qui me remplirent d'allégresse et de courage, tant j'y entendais la confiance que l'entreprise me faisait dans cette mission qu'elle me confiait.

Mon deuxième voyage Clermont-Ferrand — Tokyo n'était plus qu'un aller simple et serait vraiment pour moi un grand saut dans l'inconnu.

Dès mon arrivée, tout se passa vite et bien avec l'aide de Komatsu san de Nihon Michelin. Grâce à lui et à sa diligence, je pus obtenir ma carte de résident, ouvrir un compte à la banque Fuji, aujourd'hui rebaptisée Mizuho, et m'installer dans un appartement au centre de Tokyo près de la Kagurazaka. La société Nihon Michelin Tire, créée en 1975 pour remplacer l'importateur Mitsui Busan, était alors installée au 49e étage du Shinjuku Center Building, l'un des rares gratte-ciel de Tokyo à cette époque-là. Depuis les grandes baies vitrées du bureau, la ville nous apparaissait dans son immensité. Il faut dire que la mégalopole du Grand Tokyo de 1985, avec les villes périphériques de Kawazaki, Saitama et Chiba, s'étendait sur plus de cent kilomètres à la ronde. On pouvait distinguer les petits immeubles de huit à dix étages, les maisons individuelles séparées par des voies de circulation rapides et urbaines pour les voitures et pour les trains. Par beau temps, lorsqu'on regardait à l'horizon en direction du Sud-Ouest, on pouvait voir au loin se découper le mont Fuji culminant à ses trois mille huit cents mètres d'altitude. Et lorsque parfois, à son sommet s'accrochaient des nuages, il prenait alors des airs de gros champignon. Aujourd'hui encore, je m'émerveille des magnifiques couchers de soleil que l'on peut voir en hiver lorsqu'ils enflamment le ciel dégagé à Tokyo.

Comme je préférais être autonome et conduire moi-même, assez rapidement, je me fis délivrer un permis de conduire japonais et j'achetai une voiture, une Mazda RX-7 à moteur rotatif. Je ne fus pas long à oser m'aventurer à travers les rues et les « shuto expressway »[2], et cela même si le défi était de taille de déchiffrer les panneaux signalétiques, tous écrits de « kanji », idéogrammes issus des caractères chinois dont relevait une partie de l'écriture japonaise et que je maîtrisais bien mal encore. Et justement pour améliorer ma pratique de la langue, je m'inscrivis au Nihongo Institute où les professeurs avaient pour consigne de ne parler qu'en japonais à leurs élèves. À raison de huit heures par jour, cette formation intense d'un mois me permettrait au moins de me débrouiller dans la vie courante.

A priori, tout s'organisait plutôt bien, mais voilà, même les meilleurs plans peuvent s'enrayer au moindre imprévu. Le directeur de l'École, dont le nom Inohana signifiait littéralement « nez de sanglier », me présenta mon premier professeur de japonais. Elle s'appelait Etsuko Sato et elle était cet imprévu.

---

[2] Réseau de voies express aérienne ou souterraine de la métropole Grand Tokyo.

Lorsque je la vis entrer dans la salle de classe, vêtue d'une tenue de golf, je ne pus m'empêcher de la trouver délicieuse. Au fil des cours, je sentais ma concentration fléchir devant sa détermination méthodique à me faire répéter des phrases en japonais. Il m'était impossible de rester indifférent à son sourire et à ses yeux qui brillaient comme des perles noires. Ainsi va la vie, faite de rencontres auxquelles on ne s'attend pas. Etsuko avait fait des études internationales à Moscou puis à Paris à la Sorbonne, à la suite de quoi elle était devenue professeur de français à la Japan International Cooperation Agency (JICA). Autant dire qu'elle maîtrisait parfaitement bien notre langue. Mais pas seulement. Je me souviens de ma surprise le jour où je l'avais entendue au téléphone en train de parler en russe avec l'une de ses amies. Plus tard, je m'amusais à faire rire mes amis japonais en leur racontant que j'avais rencontré une James Bond girl japonaise, espionne du KGB ! En dehors des cours, nous passions le plus clair de notre temps ensemble, à parcourir le centre de Tokyo, si vivant, si varié, ses restaurants, ses bars, ses parcs et ses salles de spectacle. Très vite, nous ne nous sommes plus quittés. Grâce à elle, je remettais en question tous mes a priori sur le Japon. Alors que je m'étais imaginé un pays homogène fait de traditions, je fus surpris de découvrir un peuple curieux et très au fait de l'histoire, de la culture et des mœurs des autres pays du monde. Par exemple et à ma grande honte, je pensais que les Japonais ne buvaient que du thé… Mais non ! me répliqua Etsuko, en m'amenant prendre un excellent café filtré à la cafétéria du coin.

Mes références sociales et économiques furent, elles aussi, largement ébranlées. Tous les matins, en allant au travail, je croisais la foule dense, calme et disciplinée de ceux qui rejoignaient leur bureau en métro. Je les voyais qui débouchaient et s'engouffraient placides dans les grands couloirs. Un jour, à la suite d'un incident rare, la Yamanote sen, ligne de train circulaire de Tokyo, s'arrêta brutalement. C'est alors que je vis, à la gare de Shinagawa, un phénomène que je n'aurais jamais pu imaginer. Les passagers s'alignaient en silence sur les quais, formant une queue qui, peu à peu, se prolongeait sur les escaliers pour se poursuivre à l'extérieur de la gare jusque dans la rue. Au bout de trente minutes lorsque le trafic reprit, cette file se résorba aussi vite qu'elle s'était formée, grâce à l'efficacité du personnel de la gare, qui poussait fermement mais sans brutalité les passagers coopérants à l'intérieur des rames. Celles-ci se succédaient à fréquence accélérée ne laissant aucun temps mort s'installer. Je prenais souvent mon petit-déjeuner dans une cafétéria du nom de Doutor, et là aussi je restais admiratif de la diligence des serveurs et serveuses, le ballet rythmé et précis qu'ils déployaient sous mes yeux éblouis, fruit certainement d'une discipline répétée et d'une grande assiduité au travail. Ces impressions se répétèrent lorsque je visitai l'usine de Honda à Saitama. Je voyais les opérateurs s'affairer à l'unisson autour de l'assemblage des véhicules avec comme seul objectif de ne jamais stopper la chaîne d'assemblage pour un travail de qualité.

Au sein de l'entreprise, je me voyais confier des missions passionnantes et qui allaient me permettre de forger mon expérience tant japonaise qu'asiatique. Quand la compagnie aérienne japonaise ANA fut la première à acheter un Airbus A320, c'est à moi qu'il incomba de suivre ce projet. En effet, l'avion était la dernière frontière de la technologie radiale qui se développait avec les nouveaux avions d'Airbus. Je m'occupai de l'aspect commercial, en établissant un contrat basé sur un prix d'usage (coût par atterrissage). Je finis par connaître tous les recoins de l'aéroport d'Haneda où je me rendais régulièrement pour vérifier les pneus.

Par ailleurs, Michelin était le pionnier du passage des métros sur pneus à Paris, Montréal ou Mexico City, et à Tokyo aussi bien sûr, avec le fameux monorail qui allait de la gare d'Hamamatsucho à l'aéroport d'Haneda. Il avait été inauguré pour les Jeux olympiques d'été de 1964 et méritait certains aménagements. En effet, un matin, on eut la mauvaise surprise de le voir stopper net sur la baie de Tokyo. Un arrêt totalement injustifié dû à des capteurs trop vieux. Il était temps de mettre en œuvre des développements technologiques plus récents et notamment des capteurs qui ne sonneraient pas l'alarme sans une réelle perte de pression.

Je me retrouvais également avec la charge de la fabrication en « off take » du premier pneumatique Michelin. Il s'agissait de faire fabriquer par l'usine de Shinko Tire à Miyazaki dans le Kyushu, un pneumatique vélo jusque-là produit aux Carmes, siège et site historique de Michelin à Clermont-Ferrand. Après avoir transmis les spécifications techniques, je dus superviser la fabrication et mettre en place un système de contrôle pour garantir à ce pneu une qualité digne de la marque Michelin. Mes interlocuteurs me traitaient avec beaucoup de déférence, toujours attentifs et prêts à satisfaire avec fierté chacune de mes demandes. C'est à l'occasion de mes déplacements répétés à Miyazaki que je fis mes premières vraies expériences de cuisine japonaise. Tout était à base de poissons et de crustacés crus accompagnés d'algues et de riz. Et même au petit-déjeuner. Ah, la délicieuse crevette, épluchée vivante qui fond et se débat au fond de notre palais ! Mais cette année-là, 1985, survint au japon une bulle économique, qu'on appela la « bulle spéculative japonaise ». Les « accords du Plazza »[3] permettant la dépréciation du cours du dollar, eut pour effet de voir le yen s'envoler de façon vertigineuse. À Tokyo, le Nikkei, indice de la bourse japonaise, ne cessait de battre des records, tout comme les prix de l'immobilier. C'est ce qui mit fin à cette première expérience « off-take », et la production japonaise du pneu vélo Michelin fut transférée dans l'usine sœur de Shinko Tire en Corée. Là-bas, je dus me battre pour faire respecter les critères de qualité. Et quelle ne fut pas ma surprise de tomber un jour, chez un distributeur coréen, sur un pneu estampillé « ichelin ». Le « M » avait tout simplement été effacé par meulage ! Ce pneu n'était rien moins qu'un pneu déchet que notre partenaire essayait d'écouler par un canal de vente parallèle. On conclut rapidement que la branche coréenne de Shinko Tire était bien moins digne de cette confiance que nous avions trouvée auprès de la succursale japonaise. Depuis l'usine de Shinko Tire a disparu et la fabrication du pneu vélo Michelin a été déplacée vers des pays d'Asie du Sud-est avec d'autres partenaires.

Dans ma zone d'activité, hormis le Japon, il y avait également la Corée. Quand le constructeur coréen Hyundai voulut exporter son modèle Pony Excell au Canada, il nous sollicita pour l'équiper de pneus Michelin, comme ses clients le souhaitaient. Mais la collaboration avec cette société encore en apprentissage se révéla plus difficile que prévu. Je dus faire face

---

[3] Les accords du Plaza sont un accord sur les taux de change, signé le 22 septembre 1985 entre les États-Unis, le Japon, l'Allemagne de l'Ouest, le Royaume-Uni et la France

à beaucoup d'insuffisances, leur apprendre la façon d'évaluer correctement les performances des pneumatiques, et aussi combien il était utile de comprendre la relation intime que les pneus entretenaient avec la dynamique des véhicules. Leurs prévisions de commandes de même que leur gestion des stocks étaient si peu fiables qu'il me fallut les refaire. Sans compter l'organisation et la formation des techniciens sur des chaînes de montage automatique qu'ils venaient à peine d'acquérir et qu'ils ne maîtrisaient pas du tout. En Corée, les syndicats sont très puissants et j'étais impressionné par la brutalité des relations au travail. Je me souviens d'une grève que l'armée réprima durement à l'intérieur même de l'usine, ou encore des coups de poing infligés à un technicien d'essais par son manager pour avoir provoqué un accident de voiture. Heureusement, le soir, après ces journées bien remplis, nous allions dîner entre collègues et je pouvais me relaxer en me rassasiant de succulents bulgogi et kimichi arrosés avec la bière locale Hire ou Cass. Ceci ne nous empêcha pas de développer rapidement nos relations et nos affaires avec Hyundai tout comme avec Kia, l'autre grand constructeur coréen.

Lors de tous ces allers et retours entre le Japon et la Corée du Sud, je pouvais percevoir les tensions militaires avec la Corée du Nord. Dans cette période qui précédait les Jeux olympiques d'été de 1988, le couvre-feu et les défilés militaires démonstratifs étaient fréquents à Séoul. Par ailleurs, l'aéroport d'Ulsan, proche de l'usine géante de Hyundai, était souvent fermé pour laisser la place à des manœuvres militaires aériennes. Un jour, c'est l'autoroute entière qui fut bloquée pour permettre à des jets militaires de s'entraîner à atterrir et décoller directement sur l'autoroute au cas où les aéroports seraient bombardés. Ce jour-là, sidéré, je restai bloqué des heures entre Busan et Séoul, attendant que la circulation reprenne. Lorsque je visitai, sans y pénétrer bien sûr, la zone démilitarisée entre les deux Corées, à cinquante kilomètres au nord de Séoul et deux cents kilomètres au sud de Pyongyang, je me rappelai ce que nous vivions en Europe depuis le début de la guerre froide. C'était le printemps des pays de l'Europe de l'Est et le mur de Berlin allait bientôt tomber. Difficile de dire combien de temps cela prendrait pour que la même chose arrive ici… Peut-être jamais ?

Mais il faut dire que l'essentiel de mon activité professionnelle consistait à m'immerger dans les projets d'homologations et de développement technique de nouveaux pneus pour lesquels les différents constructeurs automobiles nous sollicitaient. De nouveaux projets comme autant de défis à relever. Les pneumatiques dont les voitures compactes japonaises — Mitsubishi, Honda, Nissan, Toyota — avaient besoin devaient tous être fabriqués dans les usines Michelin d'Amérique du Nord. Il me fallut donc établir des relations étroites avec les équipes de Michelin America Research Corporation à Greenville en Caroline du Sud (MARC) qui, jusque-là, ne travaillaient que pour les géants automobiles de Detroit. Ces relations finirent par devenir systématiques. Mais à une époque où l'e-mail n'était pas encore en vigueur (on n'imaginait même pas que cela arriverait un jour !) et où les communications téléphoniques étaient encore très coûteuses, seul le télex nous permettait des échanges internationaux. Alors pour satisfaire aux demandes des constructeurs en pleine internationalisation, il n'y avait pas d'autre choix que de se rendre sur place, les rencontres entre toutes les parties restant encore le meilleur moyen communiquer efficacement. Je partais de Narita, d'abord pour Los Angeles où se trouvaient alors les sièges et les services marketing des constructeurs japonais, puis j'allais à Grenville via Atlanta, Detroit où se trouvaient leur service d'achat, puis Paris, Clermont-Ferrand pour revenir enfin à Tokyo. Et même si lors de ces voyages j'étais confronté à la diversité des cultures, à la découverte de nouvelles expériences, malgré le décalage horaire, même si ces longs trajets en avion étaient pour moi l'occasion d'observer, de réfléchir, de penser à ceux qui m'étaient chers — Etsuko qui m'attendait à Tokyo ou mes parents à qui je rendais parfois visite à Albi lors de ces périples — cela ne pouvait durer indéfiniment ainsi. Je me rendis très vite à l'évidence qu'il nous fallait développer sur place une équipe technique de bon niveau pour faire face et répondre aux demandes des ingénieurs de plus en plus précises et techniques des constructeurs japonais. Processus normal dans une perspective de développement, me direz-vous, une nécessité dont je devrais convaincre mes responsables à Clermont-Ferrand.

Jusqu'à présent ce qui prévalait dans les échanges commerciaux était le « take it or leave it ». Nous ne pouvions plus nous en contenter. Il nous fallait désormais vraiment comprendre les besoins des constructeurs, les analyser pour pouvoir définir les cahiers des charges auprès de nos services Recherche et Développement de Clermont-Ferrand comme ceux de Grenville. On fit venir un pilote d'essai chevronné, Bernard Brugnot, pour nous aider à décoder les besoins d'adaptation de personnalisation ou « tuning » des pneumatiques. Par ailleurs, j'engageai un programme de recrutement que je ciblai sur des ingénieurs et des techniciens japonais avec déjà quelques années d'expérience sur place et à l'international. Au fil des mois, notre équipe technique se renforça et s'engagea dans des projets de plus en plus nombreux et ambitieux. Elle travaillait en harmonie avec l'équipe commerciale de Nihon Michelin Tire dirigée par Yoishi Asaoka, ce qui semblait tout à fait naturel ici au Japon. Ensemble, elles n'avaient qu'un seul et même objectif, celui de satisfaire le client. Nous participions ainsi aux projets de recherche et développement des constructeurs : quatre roues motrices, quatre roues directrices, systèmes de freinage ABS et bien sûr des pneus toujours plus performants. La sécurité a toujours été une priorité pour l'automobile et ses composants. Le pneumatique y joue un rôle essentiel par ses propriétés d'adhérence sur tous types de sols, toutes sortes de conditions climatiques et de vitesse. Les constructeurs voulaient les comprendre et les analyser afin d'en tirer le meilleur parti. Michelin était considéré comme la référence par les constructeurs automobiles et il fallait être à la hauteur de leurs attentes. Pour chaque nouveau projet, il nous fallait fournir toute une somme de données techniques, nous interroger sur la façon dont le pneu pouvait contribuer à la performance globale du véhicule et puis les optimiser, voire les améliorer.

Subaru, le petit constructeur du Groupe Fuji Industry basé à Ota dans la préfecture de Gunma — qui partageait avec Porsche l'originalité des moteurs avec cylindres à plat — fut l'objet de toute notre attention, tout comme Mazda, basé à Hiroshima, seul constructeur utilisant le moteur rotatif, technologie qui lui permit de gagner les 24 heures du Mans en 1991, et dont le design créatif produisit le fameux roadster MX-5 que Michelin équipa dès ses débuts. En 1989, Subaru nous sollicita pour défier le record des cent mille kilomètres détenu jusqu'alors par le constructeur suédois Saab. C'est ainsi que, équipée de pneus standards Michelin MXV2, la Subaru Legacy établit un nouveau record à la vitesse moyenne de 223 km par heure avec un seul changement de pneu à la mi-course. Les essais se déroulèrent pendant près de trois semaines sur les pistes du centre d'essais de Calsonic à Phoenix en Arizona. À ce jour, Subaru et Michelin détiennent toujours ce record.

La technologie radiale trouvait aussi son application sur d'autres terrains de recherche. Elle trouva naturellement des débouchés chez Suzuki, puis Honda et Yamaha, d'abord en compétition moto, puis sur leurs modèles de grosse cylindrée à l'exportation. La pratique des sports motorisés sur circuit est très développée au Japon : Suzuka, Motegi, Fujispeed, Sugo, Autopolis… autant de noms connus de circuits qui accueillent aussi bien des compétitions nationales comme les huit heures de Suzuka ou le Japan Touring Car Championship (JTCC) que de grands championnats internationaux. Michelin ne pouvait pas ne pas s'y intéresser en se positionnant face aux manufacturiers japonais très présents sur ce terrain.

Parmi tous les projets ambitieux, les plus emblématiques resteront la fameuse Honda Accord qui devint très vite la berline la plus vendue en Amérique du Nord et les sportives telles la Nissan Fairlady 300ZX ou la Honda NSX qui jouaient dans la cour des grandes comme Porsche et Ferrari. Nissan nous avait confié le développement des pneus pour la nouvelle 300 ZX qui devait être équipée du système quatre roues directrices HICAS. Notre nouveau pneu Pilot MXX, déjà homologué par Porsche, fit merveille et fut rapidement homologué par les équipes de l'engineering Nissan d'Atsugi. Cependant, nos capacités de fabrication encore limitées pour ce type de pneu rendit la livraison plus longue et plus compliquée. Cela me valut une séance difficile avec le responsable des achats pneu, un certain Hiroto Saikawa que j'aurai l'occasion de retrouver plus tard.

Quant au projet NSX pour Honda, il démarra sur une note quelque peu rocambolesque. Nous avions retenu comme véhicule de référence pour ce projet, la Ferrari 328 GTB. Du reste, pour pouvoir faire les essais en vue du développement futur des pneus, nous avions nous-mêmes fait l'acquisition d'un modèle d'occasion. Un jour, je vis arriver dans notre bureau de Shinjuku un essayeur du constructeur très en colère. Il tenait un carton dans lequel il avait ramassé les restes d'un pneu Michelin détruit. Il nous expliqua que le pneu avait explosé sur le circuit du centre d'essai du Japan Automotive Research Institute (JARI) à Tsukuba alors qu'il était en train d'essayer une Ferrari Testarossa. Mais lorsque je lui demandai si la pression des pneus avait été corrigée pour compenser la suppression dynamique dans la boucle (banking), sa colère retomba pour me répondre un « non » confus avant de repartir aussitôt.

Honda était notre client principal aux USA, et sur ce marché-là un défi de taille nous attendait. Le constructeur qui appréciait pour leur comportement, nos pneus été européens venait de lancer sa marque Premium Acura. Mais désormais, nous nous trouvions face à des consommateurs américains qui voulaient des pneus « all-season », été comme hiver, le même pneu pour toute l'année. Il nous fallut alors rapidement faire basculer toutes nos homologations en pneu « all season », tout en conservant les caractéristiques dynamiques des pneus européens déjà homologués. Ce fut un travail dantesque, qui impliqua massivement nos équipes nord-américaines de

Grenville. Je développai avec elles une relation étroite et amicale à travers des échanges quotidiens, de jour et de nuit, décalage horaire oblige. Je faisais de nombreux déplacements en Caroline du Sud et sans le support permanent de Jean Couratier et Terry Gettys, alors dirigeants du MARC, tout cela n'aurait pas vraiment été possible. Les relations de confiance que nous avions avec les équipes de Honda, au siège à Aoyama, au Centre Recherche & Développement de Tochigi et en Amérique du Nord étaient essentielles. Yoshi Asaoka, notre directeur commercial, savait faire le pont avec les dirigeants d'Honda aux moments les plus critiques. La « One global Michelin team » fonctionnait à merveille. Le succès d'Acura incita les autres constructeurs japonais à lancer leur propre marque premium sur le marché nord-américain : Nissan avec Infiniti et Toyota avec Lexus. Pour nous ce fut de nouvelles opportunités de renforcer nos positions commerciales sur ce marché.

Grâce aux efforts de tous, la confiance se développait, nous permettant d'obtenir des homologations techniques et finalement des contrats commerciaux. Chaque nouveau projet était pour moi l'occasion d'approfondir autant mes connaissances du monde automobile, que celles de la culture japonaise. Je compris l'importance de la patience et de la ponctualité, la nécessité de garder son calme, quelles que soient les circonstances et surtout, bien sûr celle de tenir ses engagements.

...Et de l'Asie

« Mahomet, Jésus-Christ, Moïse ont eu de grands succès en Occident. Mais les législations de l'Asie en ont eu davantage et la Chine est une preuve étonnante contre l'Europe. »

Honoré de Balzac, Pensées

Quant à la Chine, Michelin s'y intéressait depuis 1985. Avec Mike Williams, Britannique de nationalité, gestionnaire de Nihon Michelin et éminent sinologue, nous avions mission d'y ouvrir une représentation. Comme nous savions que de grandes quantités de nos pneus roulaient déjà sur le sol chinois, montés sur les camions Iveco et Caterpillar — constructeurs avec lesquels la chine avait passé des contrats d'importation —, nous avons commencé par en assurer le suivi et la maintenance. Et c'est à moi que revint le privilège d'ouvrir un bureau à Hong Kong, de recruter le premier employé chinois de Michelin et de faire nos premières visites de clients en Chine.

À la même époque, on nous confia une autre mission en Chine, celle d'évaluer une usine locale de fabrication de pneus dans la municipalité de Chongqing. Entre Mike qui parlait parfaitement bien le mandarin et la responsable qualité de l'usine qui parlait un anglais appris dans un livre sur la technologie du pneu, nous arrivions à nous comprendre. Mes interlocuteurs me pressaient de questions, cherchant à me prouver à tout prix qu'ils seraient capables de fabriquer des pneus de qualité. Pour ma part, je me rendais compte du chemin que cette usine aurait à parcourir avant de pouvoir un jour produire des pneus à carcasse radiale. Mais je ne dis évidemment rien car il n'y avait aucune raison de leur laisser ce crédit-là d'y arriver un jour. Puis, pour nous remercier, il y eut un repas officiel donné en présence du maire, des responsables de l'usine, mais aussi des incontournables représentants du PCC, le Parti Communiste Chinois. Ce fut gargantuesque, tant par le menu que par les discours des uns et des autres, tous manifestement très heureux et satisfaits de cette visite. Il n'y eut pas de suite.

L'année suivante, en 1986, se tint le premier salon automobile de Pékin. Michelin se devait d'y être représenté, mais nous n'avions aucune idée des attentes du public chinois. Puis on comprit qu'il n'y aurait, exposés, que des modèles de véhicules utilitaires, comme la Jeep, et tous assemblés localement. Aucun de ces véhicules de tourisme qu'on avait l'habitude de voir dans les grands salons occidentaux ne serait présent. On choisit alors tout simplement de distribuer des sacs et des brochures à l'effigie du Bibendum. Notre mascotte, déjà bien connue par certains, remporta un grand succès auprès du public comme des organisateurs. Lors du dîner au Palais de l'Assemblée du Peuple auquel nous étions invités, j'eus la belle surprise de me retrouver assis à côté d'un officiel chinois qui avait fait ses études à Osaka au Japon et parlait parfaitement le japonais. Ce fut, ce soir-là, notre langue d'échange.

Cependant, nous nous rendions compte que nous n'étions pas prêts pour une aventure industrielle en Chine. Il est vrai qu'après les Amériques conquises dans les années 1970 grâce au pneu radial, Michelin avait décidé d'accélérer son développement en Asie, mais force était de constater que ce n'était pas encore l'heure pour nous de l'ouverture du marché chinois. Il faudra attendre encore dix ans avant que cela se concrétise.

Ce voyage en Chine était une trop belle occasion pour ne pas le prolonger par quelques jours de congés. Avec Etsuko qui avait accepté de m'accompagner, nous avons pu découvrir avec enchantement la cité interdite, le palais d'été, la grande muraille et tant d'autres merveilles qui démontraient l'immense culture et l'histoire multi millénaire de la Chine.

L'équipe de projets — dont je faisais partie — concernant la zone Asie, créée peu de temps avant mon départ de France et sous le leadership de Pierre Desmarets, se mobilisait activement pour accélérer notre progression sur les marchés asiatiques en pleine expansion. Et ce développement allait passer par des partenariats avec des industriels locaux. Voilà qui représentait un immense défi pour nous tous, tant cela était éloigné du fonctionnement intégré et organique du Groupe Michelin. Là où nous mettions toute notre énergie à « radialiser » le marché, voilà que nous allions devoir « coopérer » avec d'autres entreprises.

Coup sur coup, des joint-ventures furent établies avec des manufacturiers locaux, en Corée avec Woosung, en Thaïlande avec Siam Cement et au Japon avec Okamoto. Dans les trois cas, il s'agissait de compagnies ayant déjà une expérience dans le pneumatique, mais qui ne dominaient pas leur marché local et ne maîtrisaient pas les nouvelles technologies du pneumatique.

Woosung qui était un groupe de construction, avait racheté un fabricant de pneus coréen et fait construire une usine moderne par le manufacturier japonais, Toyo Tire. Sauf qu'il leur manquait le mode d'emploi ! Et c'est Michelin, à travers une joint-venture aux participations égales pour les deux partenaires, qui assura le développement technique qui leur permettrait de maîtriser la production de pneus radiaux. Le défi pour nos concepteurs était réel car il fallait s'adapter à une usine dont les procédés de fabrication n'avaient pas été conçus par Michelin. Il me revint de définir les spécifications des pneus à fabriquer dans cette nouvelle usine puis en assurer la promotion auprès des constructeurs japonais et coréens. En effet comme le débouché initial de la production était principalement le marché européen, il nous fallait au plus vite ouvrir les portes des marchés locaux. Mais notre partenaire coréen, peu habitué aux temps longs des retours sur investissement de l'industrie du pneumatique, estima que les choses n'allaient pas assez vite. Et c'est ainsi que malgré les efforts de tous et des homologations obtenues non sans mal, il n'y eut pas d'autre issue que le divorce. Pour nous, ce fut une première expérience amère, mais elle fut riche d'enseignements.

En Thaïlande comme au Japon, les choses se passèrent beaucoup mieux. Nos partenaires, l'un comme l'autre, avaient déjà une bonne maîtrise de la technologie du pneu radial et des marchés internationaux. Par ailleurs, ils connaissaient également leurs limites. Dans les deux cas, il fut décidé de construire une nouvelle usine avec des procédés industriels définis par Michelin. Pour la Thaïlande, ce fut le nouveau parc industriel de Laem Chabang à l'Est de Bangkok qui fut retenu, et pour le Japon on choisit de faire une extension sur le site de l'usine existante d'Okamoto à Ota dans la préfecture de Gunma.

Avec Jacques Herbelleau du centre Recherche & Développement de Ladoux, je fus le premier Michelin à entrer dans le site d'Ota, pour réaliser un audit du centre technique et de l'usine. Il s'agissait de comprendre les besoins qui permettraient à Michelin d'assurer le relais et le support de sa nouvelle ambition, pénétrer le marché japonais. Il était clair que, pour y réussir, nous allions avoir besoin d'une présence technique forte au Japon. Ce travail me passionnait, j'assurai le suivi permanent de tous les échanges techniques entre les équipes de Michelin et d'Okamoto. Jusque-là l'usine d'Ota fabriquait des pneus pour la marque Riken qu'ils distribuaient dans le monde entier. Mais il fallait rationaliser la production et donc l'offre car les moyens techniques d'Okamoto étaient limités. Sans compter que de notre côté, nous souhaitions nous impliquer le plus vite possible dans la production de pneus Michelin dans l'extension de l'usine en cours de construction. Par ailleurs, les relations que Okamoto avait développées avec les constructeurs automobiles japonais, se révélaient être conclues dans des conditions peu favorables à ses propres intérêts. Les négociations que j'engageai pour normaliser les choses aboutirent après plusieurs mois à l'arrêt de l'activité sous la marque Riken. Tout cela, rationaliser, regrouper nos équipes, mieux allouer nos ressources, était un préalable indispensable au renforcement de notre action technique au Japon. Nos relations avec les trois frères Okamoto étaient excellentes. Et même s'ils affichaient clairement leur volonté d'intégrer progressivement les activités techniques, industrielles, puis commerciales, il nous fallut du temps pour aboutir à une organisation satisfaisante permettant d'assurer un développement pérenne de nos activités au Japon : les équipes industrielles et commerciales de la joint-venture Michelin Okamoto Tire Corporation (MOTC) auraient en charge le « Business to Consumer » (B2C) et les équipes techniques et commerciales de Nihon Michelin Tire (NMT) auraient en charge le « Business to Business » (B2B).

Avec René Zingraff et Herve Coyco à Ota

Comme notre connaissance du marché japonais était partielle et insuffisante, je lançai des enquêtes et des essais clients systématiques afin d'en appréhender les conditions d'usage et les spécificités. Le marché des pneus d'hiver au Japon était très développé et fut l'objet d'une nouvelle norme et réglementation locale visant dès 1989 à éliminer l'utilisation des pneus cloutés qui usaient les routes et généraient de la poussière. C'était une opportunité extraordinaire pour Michelin à l'origine de la technologie du pneu « studless » (sans clou). Les tests organisés à Asahikawa, puis Shibetsu dans l'île d'Hokkaido nous permirent de comprendre les conditions hivernales très sévères du nord du Japon, s'apparentant à l'Europe du Nord, malgré des latitudes équivalentes à celles de l'Europe du Sud. « Le pays de neige » décrit par Yasunari Kawabata n'usurpe pas son nom. Ainsi aperçue tôt le matin à Otaru, grand port sur la mer du Japon, cette vieille dame japonaise sur le toit de sa maison enlevant à la pelle la neige accumulée pendant la nuit. Pour faire face à ces conditions extrêmes de routes verglacées, on engagea nos actions dans l'adaptation des pneus sans clou conçus à l'origine pour les routes enneigées de l'Europe alpine, ce qui nous positionna très vite comme le leader du marché local.

Michelin était désormais un « fabricant japonais » ce qui nous introduisit parmi les membres de la Japan Association of Tire Manufacturer Association (JATMA). C'est ainsi que j'eus accès aux dirigeants de nos principaux concurrents japonais. J'étais le seul étranger (gaijin), et plus jeune que la plupart d'entre eux. Autant dire que ce n'était pas facile pour moi d'interagir avec ces managers japonais seniors et expérimentés. Je me souviens encore du ton sévère avec lequel le dirigeant d'une grande société me dit un jour « Delmas san, vous parlez trop ! ». Il est vrai que les échanges autour des futures normes du pneumatique étaient intenses. Mais il me fallait tenir le rang de leader technique et faire respecter les positions de Michelin. La JATMA avait l'ambition, à travers ces normes qui présidaient aux réglementations, d'influencer par là même les règlements internationaux des pneumatiques. Cependant, c'est l'European Tire and Rim Technical Organization (ETRTO) qui, clairement, tenait alors le contrôle de ces normes et des règlements internationaux. J'avais tout de même développé une relation amicale avec Tom Shinohara, le directeur de l'Association. Il me sollicitait pour comprendre ce qui se passait en Europe. Il pensait que Michelin contrôlait tout là-bas, comme Bridgestone au Japon, et que nous pouvions donc décider de tout. Je redoublai d'efforts pour lui expliquer que ce n'était pas aussi simple que ça et qu'il nous fallait composer avec d'autres acteurs comme Pirelli ou Continental, certes peu présents au Japon, mais très importants en Europe. Mais finalement, tout cela finissait par se régler en toute amitié autour d'un repas bien arrosé et souvent après une partie de golf où malgré tous mes efforts, je n'atteignais pas le niveau de mes partenaires.

En Thaïlande, à cause de la petite taille de notre usine, on préféra se concentrer sur le marché local qui se constituait en grande partie de pneumatiques pour pick-up trucks. Mais les utilisations en étaient très diverses et souvent sévèrement amplifiées par des conditions de charges et climatiques extrêmes. Le marché était dominé par les constructeurs japonais et je dois dire que c'était un atout car je pouvais faire le lien avec leurs services techniques centraux au Japon et ainsi accélérer les processus de décisions. Cette nouvelle mission m'amena à voyager de nombreuses fois dans ce pays que je connaissais déjà comme touriste. En plein cœur de l'Asie du Sud-Est, la Thaïlande se développait à grande vitesse grâce aux investissements internationaux, essentiellement japonais, mais aussi américains et européens. Par ailleurs grand producteur de caoutchouc naturel, c'est là que notre société d'achat basée à Singapour achetait la matière pour l'ensemble du Groupe.

Je mesurais combien les cultures des pays d'Asie étaient diverses et complexes. Il y avait la pluralité des langues bien sûr, mais aussi les religions, les modes de vie et de travail et surtout le style de communication.

Avec Etsuko, nous profitions des week-ends pour sortir de Tokyo. Nous avions besoin de changer d'air et de décompresser après une semaine chargée. Et au Japon, nous avions l'embarras du choix ! Nous pouvions ainsi alterner entre le golf dont le nombre des terrains est si vaste au Japon, les ballades en montagnes et forêts qui couvrent la majorité du pays, les visites de sites historiques et religieux à travers les provinces si diverses, et la découverte d'îles volcaniques tout autour du Japon. On profitait des merveilleux « ryokans »[4] et leurs « onsens »[5]. À l'est, sur la côte Pacifique, je pouvais m'adonner au body-surf sur les vagues puissantes de l'Océan. Guidé par Etsuko à la découverte de ce pays, il me paraissait plus riche, loin des idées reçues et des sentiers battus. Et pour moi qui, avant de le connaître, avais nourri l'idée d'un pays très uniforme, je m'étonnais de la diversité des paysages et des activités possibles.

J'avais rencontré les parents d'Etsuko lors d'un déjeuner dans un grand hôtel de Tokyo. J'avais attendu ce moment

---

[4] Auberges

[5] Bains chauds

comme une épreuve à passer que j'avais finalement réussi. Sa mère Sumiko était issue de l'aristocratie japonaise, et son père Noburu était un ancien diplomate, économiste et professeur d'université. À peine après mes premières phrases en japonais, Sumiko n'avait pu retenir un « il est nul en japonais » en se tournant vers Etsuko. Cela ne nous avait pas empêchés de sympathiser et d'échanger sur des sujets tels que la Guerre d'Espagne, Guernica et Picasso. Elle était d'une culture remarquable et avait eu la délicatesse de mener la conversation en restant proche de thèmes qui m'étaient familiers. Quant à Noburu, tout en m'expliquant les fondements de l'économie politique du Japon, il s'était montré très ouvert avec moi et très curieux de mes projets. J'imagine qu'en son for intérieur il aurait préféré que sa fille leur présente un Japonais, du reste les candidats ne manquaient pas, mais il se laissa finalement convaincre par son épouse et date fut prise pour une visite de mes parents au Japon. Etsuko s'occupa d'une main de maître de l'organisation du voyage de mes parents et de la rencontre avec les siens. La réunion des familles Sato et Delmas fut l'occasion d'excellents dîners dans les meilleurs restaurants de Tokyo, et d'un séjour dans un magnifique Ryokan d'Hakone. La date et le lieu du mariage furent arrêtés, ce serait à Macao le 14 juillet 1987. Macao, encore colonie portugaise à cette époque-là, en plus d'être un endroit attractif, symbolisait parfaitement bien l'alliance de l'occident avec l'extrême orient et la date du 14 juillet se référait à notre fête nationale révolutionnaire. Et nous nous mariâmes, avec quelques amis comme seuls témoins. Notre union fut célébrée devant la façade de l'église Saint-Paul à Macao, suivie d'un repas de noces au restaurant du vieil hôtel Lisboa, avant d'aller perdre sans regret quelques patacas au casino. Puis on embarqua sur un hydrofoil pour rejoindre Hong Kong où nous attendait le Peninsula Hôtel pour notre nuit de noces.

Notre mariage à Macao le 14 juillet 1987

Notre vie se régla sur le rythme intense de la vie professionnelle. On décida de se faire construire un pavillon sur la côte Pacifique, un endroit près de l'Océan qui pourrait nous accueillir le week-end en nous apportant une relaxation absolue. Outre la pratique intense du body-surf, c'était aussi l'occasion de cuisiner et d'apprécier tous ces délicieux produits de la pêche (halieutiques) qu'on trouvait à profusion. Mais parfois à l'automne, on voyait arriver de puissants typhons et je me rendais compte alors que cet Océan n'était pas si pacifique que ça. Je repensais à La Pérouse et je pouvais imaginer ce qu'il avait dû endurer deux siècles plus tôt avec ses deux bateaux la Boussole et l'Astrobale avant de sombrer dans les eaux profondes au large des îles Salomon. Et puis nous profitions de l'été et de la période de Noël pour retrouver mes parents à Albi. Merveilleux souvenirs que ces soirées de Noël où, après la messe de minuit, mon père nous attendait avec un réveillon de sa confection. Et aussi tous ces cadeaux que nous nous partagions.

Voilà six ans maintenant que j'étais au Japon. Six années d'expérience d'une richesse incroyable. En 1988, nous avions vu s'amorcer le début d'une nouvelle transformation pour l'industrie du pneumatique. Bridgestone, alors numéro six mondial, avait lancé une OPA sur l'américain Firestone, à laquelle Michelin associé à Pirelli avait répliqué en surenchérissant. Mais Bridgestone avait remporté le morceau en doublant sa mise initiale. Ce qui nous avait valu, lors d'une rencontre à la JATMA, ce bon mot plein d'humour d'Ieri san, alors président de Bridgestone : « À cause de vous, je ne mange plus que des pizzas ! » L'année suivante, Michelin répliqua en rachetant les Américains Uniroyal et BF Goodrich, récemment regroupés, et convoités aussi par un autre grand manufacturier japonais Yokohama. À la suite de ce rachat, c'est Carlos Ghosn qui devint président de Michelin Amérique du Nord. Ainsi lors de mes voyages à Grenville, il m'arrivait parfois de trouver le temps de passer une soirée avec lui. On se retrouvait autour d'un bon repas et d'une partie de cartes, l'occasion aussi de nous remémorer, avec Rita son épouse et Philippe Verneuil, un autre ancien collègue lui aussi expatrié à Grenville, nos débuts à Clermont-Ferrand. L'industrie pneumatique américaine, suite à la radialisation du marché, et l'arrivée en masse des voitures japonaises et européennes, avait du mal à suivre, et seuls Goodyear et Cooper restaient indépendants. Désormais, Michelin, Goodyear et Bridgestone formaient le trio de tête et représentaient alors à eux seuls presque les deux tiers du marché mondial du pneumatique. Mais c'était sans compter sur l'émergence des manufacturiers coréens, puis chinois qui allaient plus tard bousculer, non pas l'ordre de tête du trio, mais sa part relative du marché mondial. À la même occasion, Michelin, comme Bridgestone, découvraient l'intérêt, mais aussi la complexité, de gérer plusieurs marques sur un même marché.

L'Asie était désormais bien établie comme troisième direction opérationnelle du Groupe Michelin en s'appuyant sur deux joint-ventures, l'une au Japon, l'autre en Thaïlande, et sur de nouvelles sociétés commerciales dans de nombreux autres pays d'Asie. Les activités de Michelin dans cette partie du monde s'étaient diversifiées, intensifiées, si bien qu'elles avaient pris une autre ampleur. Cela nous valait de nombreuses visites du siège et notamment François Michelin lui-même qui tenait à nous encourager. Cela nous était précieux tant la transformation que nous vivions était rapide. Je me souviens de l'une de ses visites, alors que je commençais ma présentation préparée depuis des jours, il m'arrêta et me proposa avec malice d'aller directement à ma conclusion. Autant de temps gagné sur un échange concret des questions à résoudre, ce qui était, bien sûr, plus utile pour la réussite de nos projets. Six années qui avaient filé à une vitesse vertigineuse. Pris par un rythme effréné et une charge de travail intense, je ne les avais pas vues passer. Je repensais à Michel Morlet, mon ancien patron au Service du Personnel, qui, en visite un jour au Japon et après plusieurs jours passés ensemble, m'avait donné ce précieux conseil : « Vous n'êtes plus à Clermont-Ferrand… ne vous dispersez pas… faites des choix ! ». Ce même Michel Morlet qui devenu entretemps directeur de la Recherche & Développement du groupe me fit passer un nouvel entretien. Mon souhait était de poursuivre ma carrière en Asie et je le lui dis tout en insistant sur le fort intérêt que je nourrissais pour mon travail là-bas. Pourtant, il me proposa de revenir passer trois ans à Clermont-Ferrand sur le site de Ladoux pour y approfondir mes connaissances techniques. Trois années au terme desquelles, me disait-il, je pourrais repartir au Japon dans la perspective de diriger le futur centre Recherche & Développement que Michelin prévoyait de créer. Je me sentais fier et honoré de cette proposition qui montrait combien la confiance qu'on m'accordait était importante. Et comme Etsuko était d'accord, je l'acceptai.

La fin des années 80 sonnait déjà comme un tournant du siècle et d'un nouvel équilibre mondial et lorsque je me retournais sur ces années je pouvais voir combien elles avaient été riches et intenses.

1985, décès d'Orson Welles, un Boeing 747 de Japan Airlines s'écrase sur le mont Otsouka avec cinq cent vingt-quatre passagers à son bord, Alain Prost est champion du monde de F1 avec Renault.

1986, décès de Daniel Balavoine et de Coluche, accords du Plazza corrigent la valeur du Yen sous-évalué, la centrale de Tchernobyl est victime d'une catastrophe nucléaire, Margareth

Thatcher et François Mitterrand lancent du projet de tunnel sous la Manche, l'Europe est le théâtre de nombreux attentats terroristes en Europe, dont celui contre Georges Besse alors PDG de Renault, le président français François Mitterrand et son Premier ministre Jacques Chirac se rendent au sommet du G7 à Tokyo

1987, décès d'Andy Warhol et de Louis de Broglie père de la mécanique ondulatoire, krach de Wall Street prélude à l'explosion de la bulle japonaise, accord entre le Portugal et la Chine pour le retour de Macao sous souveraineté chinoise, la Nouvelle-Zélande remporte la finale de la première coupe du monde de rugby face à la France à Auckland, la population mondiale franchit le cap de cinq milliards d'êtres humains,

1988, décès d'Enzo Ferrari, les troupes soviétiques se retirent d'Afghanistan, fin de la guerre Iran-Irak, Séoul accueille les Jeux olympiques d'été, proclamation d'un État palestinien, Michael Gorbatchev est élu Président de l'URSS, mise en service du premier câble transatlantique en fibre optique,

1989, décès de Hiro Hito, Empereur du Japon, dernier dirigeant ayant participé à la Deuxième Guerre mondiale, et d'Andrei Sakharov père de la Bombe H, répression et massacre d'étudiants manifestant à Tian'anmem, chute du mur de Berlin et printemps des pays de l'Europe de l'Est, l'Ayatollah Khomeini condamne à mort Salman Rushdie pour la publication de ses versets sataniques,

1990, décès de Léonard Bernstein, l'African National Congress (ANC) parti de Nelson Mandela n'est plus hors-la-loi, premières élections démocratiques dans plusieurs pays de l'Europe de l'Est, Citroën fabrique la dernière 2CV, la NASA lance le télescope spatial Hubble, l'Irak envahit le Koweït et dans la foulée les USA répliquent avec l'opération Bouclier du désert, les deux Allemagnes sont réunifiées mettant fin à la guerre froide,

1991, décès de Graham Greene et d'Yves Montand, Berlin redevient la capitale de l'Allemagne réunifiée, Gorbatchev et Busch signent le traité « Start » de réduction des armements stratégiques, Tim Berners-Lee, père des protocoles HTTP et HTML, crée la première page web sur internet, Linus Torvalds crée le logiciel d'exploitation Linux, la Corée du Sud et la Corée du Nord font leur entrée simultanée à l'ONU, nouveau Vendredi noir à la bourse de New York.

Dans l'été 1991, Etsuko et moi quittions le Japon pour aller nous installer à Clermont-Ferrand. Avant de partir, j'assistai à la cérémonie d'adieu dédiée à Sochiro Honda disparu au mois d'août. Cet industriel génial avait créé le leader mondial incontesté du véhicule deux cycles motorisé, et bousculé le marché américain avec ses berlines et coupés sportifs. J'étais très impressionné d'être là, à Aoyama au nouveau siège flambant neuf de Honda, pour participer au dernier hommage rendu à cet homme qui incarnait pour tous les qualités d'un entrepreneur non conformiste et que je ne pouvais pas m'empêcher de comparer à François Michelin.

Tokyo, le retour 1

« Ce que j'aime dans les voyages,
c'est l'étonnement du retour. »

Stendhal

À Ladoux, au centre de Recherche et Développement qui était désormais mon nouveau lieu de travail, on m'avait confié la responsabilité d'une équipe de cinq concepteurs chevronnés, au sein du département de développement des pneus tourisme et camionnettes que dirigeait Jean Couratier rentré de Grenville un an auparavant. Nous avions pour mission de travailler sur diverses gammes de pneumatiques dont le fameux pneu vert. On parlait encore peu dans le grand public de la réduction d'émission de CO2 et pourtant la réglementation existait déjà pour l'homologation des véhicules. Avec le pneu vert, on proposait, tout en maintenant les autres performances, d'économiser du carburant et de réduire les émissions. Parmi les défis techniques, il y avait celui d'aider nos commerciaux à faire reconnaître auprès des constructeurs la valeur de cette nouvelle technologie. Et comme son coût supplémentaire était bien en deçà des autres solutions passant par des évolutions de la motorisation, de l'aérodynamique ou le poids du véhicule, plusieurs grands constructeurs européens choisirent d'adopter notre pneu vert. Cela nous valut les félicitations de François Michelin, si bien qu'il décida lui-même du design du logo de ce pneu d'une technologie révolutionnaire : « Green X ».

Par ailleurs, et ce n'était pas un hasard, on m'avait confié la responsabilité technique de nos deux usines asiatiques, Ota au Japon et Laem Chabang en Thaïlande, que je connaissais toutes deux très bien. Un des enjeux majeurs pour mon équipe était la localisation des matériaux semi-finis jusqu'alors importés par nos fournisseurs depuis leurs usines européennes. Pour cela, nous engageâmes l'homologation de nouveaux fournisseurs japonais, coréens ou thaïlandais pour pouvoir les utiliser dans les fabrications asiatiques de pneus Michelin.

Les principaux dirigeants de Ladoux savaient tous, informés par Michel Morlet, que si j'étais sur ce site, c'était pour compléter ma formation technique, et me préparer à ma prochaine mission, celle de retourner en Asie pour prendre la direction du nouveau centre Recherche et Développement au Japon. Je rencontrais donc systématiquement tous les responsables et techniciens expérimentés et j'avais accès à tous les laboratoires et informations que je souhaitais connaître. On ne pouvait espérer mieux comme préparation et j'appréhendais la suite avec confiance et détermination.

Je profitais de cette période pour faire découvrir la région d'Auvergne à Etsuko. Nous faisions de longues marches à travers la chaîne des volcans, visitions les magnifiques églises romanes et prenions la route historique des châteaux. Sans oublier la pratique du golf. Mais Etsuko s'ennuyait à Clermont-Ferrand alors elle allait souvent seule en train à Paris qu'elle connaissait bien. Ces fois-là, je la rejoignais en voiture le vendredi soir et nous passions notre week-end à nous détendre entre restaurants et spectacles. Nous avions un faible pour les soirées à l'Opéra. Puis nous rentrions ensemble le dimanche soir.

Trois années passèrent ainsi et là encore très vite. Et puis l'été 1995 arriva. Le temps du retour au Japon était venu, et avec lui, celui d'accomplir, riche de belles et solides expériences, ma nouvelle mission. J'étais désormais directeur de Michelin Research Asia (MRA) nouvellement créé. Cependant, le pays n'était plus celui que j'avais connu en y posant pour la première fois les pieds dix ans auparavant. Les choses avaient bien changé au Japon. Depuis 1945, le Japon avait traversé les deux crises pétrolières sans sourciller et n'avait connu qu'une croissance économique accélérée. Mais aujourd'hui, après trente années de cette forte croissance, voilà qu'il entrait dans une période de déflation que les économistes appelleraient plus tard « the lost decade ». Il subissait également les premiers effets d'une démographie stagnante causés par un faible taux de natalité et d'une immigration contrôlée et donc limitée. La bulle avait explosé. La valeur du yen, l'indice Nikkei, les prix de l'immobilier, la balance commerciale, tous ces indicateurs de l'économie japonaise qui avaient atteint le ciel pendant les années 80 s'étaient effondrés. La fierté et l'arrogance de certaines élites japonaises en avaient pris un coup. Les grandes entreprises japonaises et en particulier celles du secteur automobile et leurs fournisseurs locaux avaient jusque-là bénéficié de conditions monétaires très favorables pour leurs exportations. Avec un gouvernement japonais qui cherchait désormais à relancer l'économie en stimulant une demande intérieure, elles devaient s'adapter à ce nouveau contexte en investissant massivement en Amérique du Nord et en Europe dans ce qu'on appela alors les « transplants ».

Dix ans après ma première fois à Tokyo, je me rendais compte en arrivant combien la ville avait changé. Le quartier de Shinjuku où j'avais débuté ma vie professionnelle pouvait maintenant s'enorgueillir d'une mairie gigantesque dessinée par le célèbre architecte Kenzo Tange, munie de deux immenses tours qui tutoyaient le ciel. Cette cathédrale des temps modernes flattait l'orgueil des Tokyotes et des hommes politiques japonais. L'un d'entre eux, Shintaro Ishihara, co-auteur avec Akio Morita de Sony, du fameux livre controversé « the Japan that can say no » deviendra gouverneur de Tokyo en 1999 et fera bannir le diesel de la capitale en 2002. C'est lui aussi qui permettra à la Mairie de Tokyo en 2012 de racheter aux propriétaires particuliers les fameuses îles Senkaku pourtant encore aujourd'hui au cœur d'un conflit territorial entre le Japon et la Chine. Mais c'est dans la baie de Tokyo que la transformation était la plus spectaculaire ; à Chiba avec le Makuhari Messe, à Yokohama avec le Minato Mirai et à Tokyo même avec Odaiba, Ariake, et le Rainbow bridge. Et sans compter l'Aqualine, moitié tunnel, moitié pont qui bouclait l'encerclement de la Baie.

Comme Tokyo, toutes les grandes métropoles japonaises voyaient leur aspect changer avec de nouvelles constructions et des gratte-ciels qui émergeaient à grande vitesse. Les infrastructures les plus modernes se développaient massivement à travers tout le pays. De nouveaux aéroports internationaux avaient vu le jour, le Kansai International Airport (KIX) construit sur une île artificielle dans la baie d'Osaka, et le Hiroshima International Airport (HIJ) construit dans la montagne pour remplacer l'ancien aéroport d'Hiroshima étriqué et coincé dans la ville. Il y avait aussi de nombreux tunnels et des ponts permettant d'étendre le réseau des lignes Shinkansen et des autoroutes. Cet effort gigantesque d'investissement en infrastructures apportait l'efficacité nécessaire à la compétitivité du pays, mais n'était pas sans impact sur l'esthétique générale.

Les nouveaux bureaux de Michelin étaient beaucoup plus grands pour pouvoir accueillir des effectifs toujours plus nombreux. Ils se situaient maintenant dans un immeuble de huit étages à Iidabashi en plein centre de Tokyo, près de Kagurazaka et du Lycée Franco-Japonais, dans le quartier le plus français de Tokyo. Mais c'est à Ota, au sein du site de l'usine que s'installa la nouvelle équipe du MRA, constituée des anciens ingénieurs et techniciens d'Okamoto et ceux de Michelin arrivant de Ladoux. Une équipe qui devait prendre le relais de celles que j'avais encadrées jusque-là et pour laquelle l'anglais deviendrait la langue commune. Ma première mission eut pour objectif de leur donner une vision claire et d'établir un plan de travail commun pour l'Asie dans son ensemble, en mettant particulièrement l'accent sur la Thaïlande où nos activités industrielles se développaient rapidement.

C'était l'époque où les médias japonais donnaient la voix aux protestations officielles contre la reprise des essais nucléaires par la France dans le Pacifique. La menace d'un boycott des produits français se faisait de plus en plus réelle. Mais heureusement, cette crise fut parfaitement bien gérée par l'ambassadeur de France au Japon Jean-Bernard Ouvrieu, que j'avais eu, du reste, l'occasion de rencontrer.

Chez Michelin, l'année 1996 allait sonner l'heure des grands changements. Édouard Michelin, après un parcours initiatique en France puis en Amérique du Nord auprès de Carlos Ghosn, venait de rentrer à Clermont-Ferrand pour devenir gérant commandité aux côtés de son père et de René Zingraff. Leur objectif était clair, forger une équipe managériale forte qui, autour d'Édouard Michelin ferait entrer l'entreprise dans le vingt-et-unième siècle. Pour initier ce projet, une équipe de plusieurs dizaines de cadres, dont je faisais partie, fut sélectionnée. Notre rôle était de redéfinir une nouvelle organisation puis asseoir les processus et les conditions de succès de sa mise en œuvre. C'était d'autant plus passionnant et exaltant qu'on comprit très vite que nous serions les futurs dirigeants de cette nouvelle équipe. Toutes les positions du Groupe Michelin furent ainsi redistribuées. Je fus nommé directeur du Centre de technologie Asie sous la supervision de Carlos Ghosn devenu quant à lui directeur de la ligne produit stratégique monde des pneus tourisme en rapport direct avec Édouard Michelin. Pour ma part, je fus ravi de cette nomination car j'y voyais une assurance de mon futur professionnel au Japon. Ce fut moins le cas pour Carlos Ghosn qui chercha très vite à fixer des frontières et à définir une autonomie maximale de son nouveau périmètre de responsabilités. Mais on pouvait ressentir son impatience et une certaine insatisfaction de voir son indépendance se restreindre, et de fait de voir s'éloigner la perspective de pouvoir un jour diriger le Groupe Michelin. Il suffit de quelques mois pour que son départ pour le Groupe Renault soit annoncé. C'était pour lui une nouvelle étape d'une trajectoire d'étoile filante qui l'amènera plus tard au sommet de l'industrie automobile mondiale. Et pour Michelin, qui le remplaça par Hervé Coyco que je ne connaissais pas mais qu'on disait proche d'Édouard Michelin, c'était sans doute une évolution naturelle et prévisible.

Après son départ, il y eut quelques réajustements, et l'on me demanda de prendre, en plus de la direction du Centre de technologie Asie, celle de la nouvelle unité business en charge de la première monte des constructeurs automobiles en Asie. Une équipe projet Asie à laquelle participeraient tous les responsables opérationnels de la région fut également créée avec son siège à Singapour. Autant d'agencements qui signifiaient que mes équipes soient renforcées et déployées dans sur tout le continent asiatique. Édouard Michelin comme son père montrait à travers des actes clairs sa forte ambition pour cette partie du monde. L'heure de l'ouverture de la Chine avait aussi sonné et se concrétisait avec la création d'une joint-venture à Shenyang dans la province du Liaoning.

Je voyageais encore beaucoup pour comprendre le marché, développer des contacts et étendre notre présence dans tous ces nouveaux pays de conquête. Il nous fallait aussi relancer les relations avec les constructeurs coréens, en particulier Hyundai et Kia, qui émergeaient internationalement, comme l'avaient fait deux décennies auparavant les constructeurs japonais. Mais le Japon restait tout de même le lieu où se déployait l'essentiel de mon travail. J'y avais deux priorités, d'une part renforcer les relations avec les constructeurs automobiles japonais, d'autre part développer les activités de recherche originales et complémentaires à celles de Ladoux et de Grenville. Je dois dire que l'avènement d'internet arrivait à point nommé permettant de décupler notre capacité de communication. Pour exemple, la simple lecture d'un code-barre qui nous paraît si banale aujourd'hui était une avancée incroyable pour nous à cette époque-là. Nos méthodes de travail se transformaient.

Nos thèmes de recherches s'appuyaient sur les études de marché qui nous disaient toutes combien la performance hivernale nordique comme celle du confort et du bruit étaient au cœur des demandes de la clientèle tant japonaise qu'asiatique. La croissance tirée par ces marchés était impressionnante, autant dire que nous n'avions pas de temps à perdre. Il nous fallait créer de nouvelles dimensions pour nos pneumatiques, monter en gamme continuer à chercher des fournisseurs locaux pour nos composants afin de fabriquer localement des produits Michelin compétitifs. Les défis à relever n'étaient pas des moindres, mais les succès qui suivaient étaient le meilleur encouragement possible pour ces équipes dont l'enthousiasme et la motivation étaient exemplaires.

Par ailleurs, les constructeurs japonais continuaient à s'engager à fond dans la compétition automobile, la meilleure façon pour eux de développer leur image. Sur ce terrain d'activités, Michelin n'était pas en reste car nous étions systématiquement sollicités pour les accompagner. C'est à nous que Mitsubishi Motors fit appel lorsque la firme voulut lancer son fameux Pajero dans le Paris Dakar, une compétition qu'elle domina pendant une bonne décennie. Toyota s'engagea dans la mythique course des 24 heures du Mans faisant longue expérience de la course d'endurance la plus exigeante du monde avant de pouvoir la gagner bien des années plus tard. Et en moto GP 500, Honda et Yamaha étaient bien sûrement toujours là pour se disputer le titre en rivalisant d'innovations technologiques et grâce aux prouesses de pilotes tels que Michael Doohan et Valentino Rossi. Au Japon, notre participation aux championnats locaux se concrétisa par la victoire de l'équipe Toyota Toms au championnat JGTC de 1999. Notre Motor racing manager au Japon, Hiroki Odashima, faisait merveille pour délivrer la qualité du support, donner les bons conseils aux team managers et aux pilotes, ainsi que pour assurer la relation technique et organiser la logistique avec les équipes centrales de la Compétition Michelin à Clermont-Ferrand.

Avec Odashima san et NISMO GT-R 2015

En 1997, la crise asiatique arriva par la Thaïlande, brutale et violente. Face à l'endettement massif en dollars du secteur privé et à la spéculation contre le Bath, la monnaie locale, les autorités avaient pris la décision de bloquer les taux de change. Les autres pays d'Asie du Sud-Est qui souffraient des mêmes maux et dont les économies étaient fortement liées les unes aux autres virent leurs monnaies entraînées dans cette chute. Ainsi la crise se propagea à la Corée, à Taïwan, à Singapour, à Hong Kong et avec une moindre ampleur au reste du monde. En plein développement économique, ces pays se retrouvaient victime de leur propre succès. Alors à trop vouloir, en vain, défendre leurs monnaies, ils épuisèrent leurs réserves financières et n'eurent d'autre solution que de faire appel au FMI. Celui-ci, pour remettre ces économies dans le droit chemin de l'orthodoxie financière internationale, mit en place des plans de restructuration des dettes ce qui entraîna récession et faillites.

Pour nous, il était indispensable de nous adapter à une telle crise de croissance. Sans mettre un coup d'arrêt à notre expansion en Asie, on sentait bien qu'elle pouvait également amener de nouvelles opportunités. L'activité de notre usine de Laem Chabang en Thaïlande s'arrêta faute de débouchés à l'échelle locale, ce qui nous poussa à diversifier sa production pour pouvoir servir le marché américain. On racheta l'usine du fabricant Philtread (ex-Firestone) à Makati dans la banlieue de Manille aux Philippines, victime de grèves violentes. En quelques semaines avec une équipe ad hoc, on la remit en marche pour y produire des pneus sous le nom d'une marque locale créée à cette occasion pour le marché Philippin.

La Corée du Sud très endettée elle aussi, sous l'emprise de ses conglomérats, les Chaebols, fut mise au régime pain sec pendant de nombreuses années. Les Coréens eux-mêmes très impactés par cet endettement ne parlaient plus que de « crise économique FMI » ! Notre ex-partenaire coréen Woosung à qui nous avions été obligés de laisser l'usine de Yangsan à la suite de la joint-venture de 1991 ne résista pas à la crise. L'usine était maintenant à vendre, un appel d'offres international fut lancé, mais c'est un rechapeur de pneumatique local qui l'emporta. Depuis, ce troisième manufacturier coréen s'est bien développé et s'appelle Nexen. L'histoire ne repasse pas les plats ! Il fallait trouver une autre voie, et c'est dans un partenariat avec le manufacturier Hankook que nous nous engageâmes. Mais ce partenariat limité dans ses ambitions ne donnait aucun réel contrôle à Michelin et donc aucune possibilité de produire ou de commercialiser en Corée des produits marqués Michelin. Malgré de nombreuses tentatives de relance, ce partenariat, devenu passif, se termina quelques années plus tard par la revente — certes avec une belle plus-value — de la participation minoritaire de Michelin.

En Corée toujours, le constructeur Kia, en grande difficulté financière, fut racheté par le Groupe Hyundai pour constituer un nouveau grand et redoutable compétiteur de l'automobile mondiale. Malgré les réserves de certains de mes collègues américains qui ne juraient que par les « Big three » et les constructeurs japonais, je percevais très clairement qu'il allait falloir compter avec ce nouvel acteur. Cela me paraissait totalement opportun et important de miser sur lui au moment où il émergeait de cette terrible crise. Un pari qui s'avéra très vite payant et dont je retire une certaine fierté pour l'avoir promu, défendu et soutenu auprès de la direction du Groupe.

Quant à la Chine, complètement fermée aux marchés financiers internationaux, elle ne fut guère impactée. Cependant, notre nouvelle usine de Shenyang fut vite saturée grâce aux marchés d'équipements d'origine pour Honda et Audi.

Notre collaboration avec PSA en joint-venture avec Dong Feng à Wuhan ne put prendre effet que plus tard après beaucoup de patience, de diplomatie et de fermeté. Lors de notre premier rendez-vous, on nous avait fait asseoir mes collègues et moi sur une banquette de voiture posée à même le sol. Le directeur des achats était arrivé avec quarante minutes de retard, s'était installé à son bureau posé sur une estrade, et tout en ramassant les cendres de sa cigarette avec nos cartes de visite m'avait lancé d'un ton railleur : « il paraît que vous ne voulez pas nous vendre de pneus ! ». Il me fallut calmer mes deux collègues car je voyais bien que cette provocation visant à nous décourager, n'avait qu'un seul but, celui de préserver le monopole du fournisseur en place, filiale pneumatique du groupe Dong Feng. Je répondis que nous étions très honorés de le rencontrer et que notre plus grand désir était de nous faire connaître en démarrant de bonnes relations. Mécontent de cette réponse trop diplomatique à son goût, il quitta la salle prétextant une réunion urgente. Six mois plus tard, un nouveau directeur des achats fut nommé et peu de temps après nous pouvions enfin démarrer nos premières livraisons à Citroën en Chine.

Nous importions en Chine de plus en plus de pneus de nos autres usines du Groupe. Avec Shenyang totalement saturée, il devenait indispensable de développer de nouvelles capacités de production locale en recherchant de nouveaux partenaires dans d'autres régions chinoises. Une opportunité se profila à travers une joint-venture avec le manufacturier Shanghai Tire. C'était un projet ambitieux qui fit l'objet de beaucoup de débats internes. Les questions de qualité, de technologie, de propriété intellectuelle n'étaient pas des moindres à soulever et traiter. L'équipe Asie était totalement engagée dans ce projet qui allait pouvoir donner à Michelin la possibilité de devenir le leader incontesté du marché chinois des pneus de véhicules de tourisme. En reprenant Shanghai Tire, nous obtenions une capacité importante de production à la hauteur de nos ambitions en Chine mais aussi une nouvelle marque du nom de Warrior.

Nous restait alors à relever le défi de transformer cette usine pour qu'elle puisse acquérir la possibilité de fabriquer des pneus à la marque Michelin. François Michelin, très concerné par notre avenir en Chine, y venait très régulièrement. Un jour, lors d'une de ses visites et d'une rencontre avec les équipes Asie à Shanghai, il me prit à part et m'interrogea longuement sur ma vision de notre développement en Chine. Je lui exposai ce que je pensais — comme plusieurs de mes collègues — depuis notre acquisition de Shanghai Tire, à savoir l'utilité de tirer parti de la marque Warrior en la proposant aux primo-accédants chinois à la voiture aux moyens limités, et dédier la marque Michelin aux clients plus fortunés détenteurs de grosses voitures. Cela nous permettrait de garder le temps nécessaire à la transformation de l'usine de Shanghai. Mais François Michelin n'était pas d'accord. Pour lui, le primo-accédant devait pouvoir souscrire à la marque Michelin tout de suite. Bien sûr que je comprenais sa vision, mais je ne pouvais m'empêcher d'avoir en tête le travail immense qui nous attendait dans cette usine. Alors je réitérai mes arguments auxquels il répondit que pour cela, il fallait que je m'assure de la collaboration maximale de mes collègues industriels. Voilà qui était clair. Quelques mois plus tard, à l'occasion d'une autre rencontre, à Singapour cette fois, à nouveau nous eûmes un entretien privé pendant lequel il ne manqua pas de me questionner encore. Je ne pus cacher mon embarras en lui expliquant la réalité du marché avec la place que, de facto, nous faisions jouer à la marque Warrior en Chine. Mais je lui parlai aussi de nos progrès dans la transformation de l'usine de Shanghai. Tout au long de notre conversation, il m'écouta très attentivement pour terminer par ces paroles que je pris pour un message incroyablement encourageant : « continuez ce que vous faites, c'est très bien comme cela ! ».

J'eus plus tard l'occasion, lors de deux conférences différentes, celle de CBU à Shanghai en 2001 et celle de « The Economist » en 2002 d'exposer comment le Groupe Michelin, forts de ses deux marques, avait réussi sa percée en Chine et y était devenu le leader des pneus pour véhicules de tourisme. Et à la même époque, l'usine d'Ota du Japon voyait sa production augmenter, tirée par un catalogue de produits uniques tels que les pneus hiver nordiques, les pneus haut de gamme et les équipements d'origine avec les constructeurs japonais et coréens.

À la fin de l'année 1997, Toyota annonça la création de sa future grande usine à Onnaing près de Valenciennes dans le nord de la France. La nouvelle ambition européenne de Toyota passait bien sûr par l'équipement d'origine de pneus Michelin, ce qui déclencha toute une série de rencontres et de visites pour s'assurer de la robustesse de ce nouveau partenariat. Puis, au début de l'année suivante, en 1998, Shoichiro Toyoda invita François Michelin à venir au Japon à l'occasion des Jeux olympiques d'hiver de Nagano. Le constructeur voulait ainsi marquer les esprits de ses équipes. C'est à moi qu'il revint d'organiser cette visite de trois jours et de l'accompagner pendant toute la durée de son séjour. La direction des achats de Toyota, sous la responsabilité de Seiji Kondo, avait bien fait les choses. Nous étions logés dans un hôtel luxueux, le « Kajima no mori » de Karuizawa, tout le monde était aux petits soins pour nous et encore plus le manager à temps plein qu'on nous avait dédié et qui, s'inquiétant constamment de nous, répondait à tous nos désidératas. Nous prenions nos repas en commun avec les équipes, ce qui était l'occasion de partager beaucoup de sujets et de nourrir la confiance que Toyota souhaitait trouver en Michelin pour ce nouveau partenariat global entre nos deux sociétés. Le premier soir, une partie de go fut organisée. Je jouai face à Seiji Kondo, redoutable adversaire. À la fin de la partie, François Michelin me dit « vous avez bien fait de le laisser gagner, c'est notre client après tout ! ». Mais moi, je savais bien que j'avais essayé de le battre mais sans succès ! Ce soir-là, un peu plus tard, il y eut cette rencontre fortuite avec Naoto Saito, alors Chairman du Groupe Sumitomo. Il salua François Michelin avec une politesse réservée dont on comprendra quelques semaines plus tard la raison. Sumitomo Rubber était à ce moment-là dans un état avancé de discussions avec Goodyear, ce qui donnerait le jour à une grande alliance entre eux dans la course à la globalisation de notre industrie. Bien des années plus tard, on verra l'écheveau complexe de cette alliance se dénouer et les deux pneumaticiens, le japonais et l'américain, continuer leur route séparément devant une croissance mondiale dans laquelle leurs intérêts respectifs se percutaient. Le lendemain matin, on nous proposa de partager notre petit-déjeuner avec monsieur et madame Toyoda. Je ne me lassais pas du spectacle de ces deux capitaines d'industrie assis et bavardant à la même table. Le langage des signes, bien décrit par Michel Serres, prit rapidement le dessus de mes traductions imprécises et incomplètes. Je pus donc m'entretenir avec madame Toyoda qui montrait beaucoup d'intérêt pour la France et sa culture. Et puis on assista dans un stade en plein air à la cérémonie d'ouverture des Jeux olympiques qui débuta au son des cloches du temple Zenkoji de Nagano, suivi de l'érection du pilier sacré Onbashira pour se clore par l'hymne à la joie dirigé par Seiji Osawa avec des milliers de choristes des cinq continents réunis par transmission satellite pour cette occasion.

Lorsqu'arriva le dimanche, dernier jour de son séjour, François Michelin exprima le souhait de participer à la messe dominicale. On nous conduisit alors à l'Église catholique Saint-Paul, qui tel un chalet de montagne, s'harmonisait parfaitement bien avec le paysage boisé de Karuizawa. Pendant la messe, j'essayais comme je pouvais de traduire pour lui les paroles du prêtre japonais, mais il me remercia en m'arrêtant net, pas besoin de traduire, il connaissait tout cela par cœur !

Avec François Michelin à Nagano

Quelques mois après ce voyage, Toyota s'engagea avec nous sur plusieurs contrats d'équipements d'origine, des contrats importants au Japon comme en Europe. Et cette année-là, lors de sa convention mondiale des fournisseurs à Nagoya, où sont récompensés ses meilleurs fournisseurs, le constructeur remit à Michelin son premier « Global Award ». Ce fut l'occasion pour moi de faire un discours en japonais devant un parterre de responsables de tous horizons. Au cours de la soirée qui suivit, à nouveau une partie de go s'engagea, et je pus prendre ma revanche face à Seiji Kondo.

À la fin de l'année 1998, l'industrie automobile se vit secouée en Amérique du Nord par ce qu'on appellera plus tard, une « crise du pneu ». La marque Ford connut plusieurs accidents répétés sur son modèle tous terrains, le 4X4 Explorer, équipé de pneus Firestone (filiale depuis dix ans du manufacturier japonais Bridgestone), qui avaient une tendance anormale à exploser. Après une enquête, l'agence du département des transports en charge de la sécurité routière, la National Highway Traffic Safety Administration (NHTSA), demanda le rappel de millions de pneumatiques sur ce modèle. Il fallut les remplacer, ce que Michelin et Goodyear s'employèrent à faire. Il s'ensuivit une pénurie de ces gros pneus pour véhicules pick-up trucks et SUV dont les Américains raffolent. Pour satisfaire le marché nord-américain, on décida alors d'augmenter la capacité de production de l'usine d'Ota, une décision qui ne serait pas sans conséquence comme on le verra plus tard. Quant à Bridgestone, l'équipe dirigeante qui avait subi un changement sévère, vit arriver à sa tête Shigeo Watanabe que je croisais régulièrement à la JATMA.

À travers cette crise du pneu, et face à la demande de l'administration américaine elle-même soucieuse des attentes des usagers, c'est la solidarité des acteurs de ce secteur qui avait permis de faire face à une situation exceptionnelle qui aurait pu s'avérer périlleuse pour toute la profession dans son ensemble.

Cette attitude responsable traduisait une certaine maturité de notre industrie. Elle entrait ainsi dans une ère de concurrence éthique et de réglementations globales. La contribution du pneumatique apportée à la sécurité, à la consommation de carburant ou encore aux émissions de gaz, devenait essentielle et prioritaire pour tous, mais faisait de Michelin, déjà précurseur en la matière, le leader du marché. Le Groupe venait de lancer l'une de ses innovations majeures, le PAX, un pneu autoporteur composé d'un ensemble jante plus pneumatique qui, en cas de crevaison utilisait un principe original d'accrochage à la roue. Adopter ce système de sécurité active passait nécessairement par un changement de standard de l'industrie, ce qui impliquait la participation active de nos concurrents. Il nous fallut alors tenter de les convaincre, ce qui fut entrepris à l'échelle mondiale. Pour ma part, j'avais à m'occuper des manufacturiers japonais et coréens. Goodyear et Pirelli avaient déjà acheté la licence PAX, Sumitomo-Dunlop et Toyo au Japon, puis Hankook en Corée, ne tardèrent pas à les suivre. Nous étions désormais en bonne position pour approcher les constructeurs. C'est Honda, toujours enthousiaste de nos nouveautés, qui fut le premier à adopter ce système innovant pour son véhicule Odyssée destiné au marché nord-américain. Et puis Bridgestone ne fut pas long à réagir en lançant son propre pneu autoporteur, beaucoup moins performant de notre point de vue, mais maintenant présent sur le marché. La bataille du standard du pneumatique était donc lancée et elle allait durer de nombreuses années sans vraiment aboutir.

En mars 1999, on assista à un coup de tonnerre entre Paris et Tokyo. Louis Schweitzer et Yoshikazu Hanawa signèrent le contrat qui donna naissance à l'alliance entre Renault et Nissan alors en grande difficulté financière. Carlos Ghosn, qui venait de passer trois ans à restructurer Renault, fut alors envoyé à la tête du constructeur japonais dans le but de le redresser. D'abord Chef des Opérations (COO) de Nissan, il en devint rapidement le dirigeant (CEO) et président. En octobre de la même année, il annonça à Tokyo le plan de renaissance de Nissan, visant à rétablir la compétitivité du constructeur japonais, des objectifs qui furent atteints, en partie dès sa première année. Mais qui ne connaît pas le début de cette histoire ? Elle fut remarquable par la rapidité éclatante de la transformation de Nissan dont la marge d'exploitation se redressa jusqu'à devenir la meilleure de toute l'industrie. Une aventure dont j'aurais pu faire partie si mon choix n'eût été de rester fidèle à Michelin. En effet, avant même d'arriver au Japon, Carlos Ghosn avait repris contact avec moi, le moment de partager avec lui mon expérience japonaise mais aussi de décliner son offre. Je le revis plus tard à plusieurs occasions, lors de nos anniversaires respectifs par exemple, ou encore d'événements officiels au Japon. Et c'est vingt ans plus tard, dans un tout autre contexte et après quarante ans au service de Michelin, que je rejoindrais Nissan Motors.

Édouard Michelin avait une grande ambition pour le Groupe au Japon. Il ne parvenait pas à se satisfaire de notre position de numéro cinq dans la deuxième économie du monde. Il faut dire que la distribution du pneumatique au Japon était vraiment bien contrôlée par les quatre manufacturiers locaux, avec, en tête Bridgestone, puis venait Yokohama, et enfin Sumitomo-Dunlop et Toyo. Chacun d'entre eux possédait des réseaux de distributeurs quasi exclusifs sous leur contrôle strict. Édouard Michelin nous sollicitait régulièrement pour des revues stratégiques, et, comme son père, nous encourageait, à prendre des initiatives fortes pour changer d'asymptote. Attaquer, contourner, collaborer, racheter… Toutes les pistes furent étudiées et essayées. Quelques tentatives avec Yokohama firent l'objet de nombreuses rencontres secrètes dans des endroits improbables, puis d'autres avec Toyo, mais toutes se heurtaient à leur désir irrévocable d'indépendance. La distribution érigeait de tels remparts autour de ce château fort qu'il nous paraissait bien difficile à prendre. Et pour l'anecdote, après notre succès en F1 avec Toyota, lorsque l'écurie britannique BAR associée à Honda nous sollicita pour l'équiper, Bridgestone ne manqua de nous signifier que le changement en cours de saison — pour lequel je m'étais battu à des fins de communication — était perçu comme un véritable camouflet et que cela ne se faisait pas au Japon ! L'adage « fais à Rome comme les Romains » ne fonctionnait pas ici, au contraire. La conclusion qui s'imposa fut celle qu'il nous faudrait jouer le rôle de challenger en menant une stratégie innovante, différente de celle de nos concurrents locaux. Ce n'était pas si facile pour nos équipes sur place tant elles avaient le réflexe permanent de nous comparer à Bridgestone. Mais nous ne pouvions rivaliser qu'avec des armes différentes. Ainsi, lorsque leur priorité se portait sur leur propre réseau de distribution, nous, nous nous tournions vers les puissants réseaux de concessionnaires automobiles qui nous tendaient les bras. La mise en place de nouvelles pratiques commerciales et logistiques originales pour le Japon sous le leadership de mon collègue Jean-Claude Pats permit de rationaliser également notre approche et organisation commerciale du marché japonais.

Édouard Michelin n'était pas seulement ambitieux pour le Japon, il nourrissait aussi une passion pour ce pays, dont il était du reste fin connaisseur. Un jour, à Tokyo, lors d'un dîner organisé pour le personnel Michelin, il avait demandé à mon épouse la différence qu'il y avait entre « unagi » et « anago ». Etsuko en avait été très étonnée car seuls ceux qui connaissent le Japon savent que l'un est l'anguille de la rivière et l'autre l'anguille de mer. Une autre fois, nous étions allés un matin très tôt au fameux marché aux poissons de Tsukiji, car il souhaitait ramener à Clermont-Ferrand du maguro, ce thon rouge réputé et emblématique de la cuisine japonaise. Un bloc congelé avait été découpé devant nous, empaqueté avec soin et Édouard Michelin avait pu repartir avec son achat. Quelques jours plus tard, il m'envoya un message pour me dire que le maguro avait non seulement résisté au voyage, mais qu'en plus il avait fait le régal de toute la famille en sashimi d'abord, puis en steak.

C'était un homme en perpétuelle réflexion. Je me souviens que lors de l'un de mes déplacements à Clermont-Ferrand, il m'avait fait part de sa préoccupation devant ce qu'il estimait être une forme d'isolement dont souffrait notre industrie face aux grands défis tels que la sécurité routière, la protection de la biodiversité, le réchauffement climatique mais aussi la gouvernance des entreprises. Cela tenait disait-il au défaut d'une vision commune et partagée par tous les acteurs du secteur. Il devenait nécessaire de mettre en place un dialogue entre tous et à haut niveau tout en respectant bien sûr les règles de la concurrence. Il nous avait alors chargés, Patrick Lepercq, responsable des affaires publiques du groupe Michelin, et moi, de réfléchir à des propositions allant dans ce sens-là. C'est ainsi que l'on proposa le projet de Tire Industry Project (TIP)[6] comme forum mondial de l'industrie du pneumatique. Pour moi qui étais basé au Japon, j'avais pour mission d'exposer cette idée à nos concurrents japonais et coréens pour les amener à partager notre vision des choses. Partout l'accueil réservé au projet avait été positif tant ils étaient tous habités par le même sentiment. La gouvernance d'un tel projet, comme son organisation et la priorité des sujets à traiter, tout cela fut discuté jusqu'à une proposition agréée par les trois principaux manufacturiers, Michelin, Bridgestone et Goodyear. Dès lors, il allait falloir informer, convaincre et faire valider le projet par l'ensemble des onze manufacturiers que nous souhaitions emmener avec nous. Édouard Michelin proposa d'organiser un premier meeting du TIP et d'y inviter tous les dirigeants de ces entreprises, la meilleure manière de les sensibiliser.

Cette préoccupation d'une vision tournée vers un monde plus responsable a toujours été très présente chez Michelin. En 1998 avait été créé le Challenge Bibendum, un événement qui allait devenir annuel et dont l'objet était de faire le point des avancées technologiques des acteurs du monde automobile pour une mobilité durable. Je me rappelle avoir saisi l'occasion d'un think tank organisé par le bureau du cabinet du Premier ministre japonais sur la promotion des investissements étrangers au Japon, pour faire connaître ce challenge. J'avais même proposé que le Japon en accueille l'édition 2005. La ville de Kyoto, où avait été signé en 1997 le fameux protocole visant à la réduction des gaz à effet de serre, se révèlerait être le cadre idéal pour une telle manifestation. Cette année-là, on organisa également un

[6] TIP: https://www.wbcsd.org/Sector-Projects/Tire-Industry-Project

rallye de véhicules innovants et respectueux de l'environnement entre Kyoto et Nagoya, là où allait se tenir, trois mois plus tard l'exposition universelle d'Aichi. Les autorités japonaises nous soutenaient totalement dans cette gageure de faire rouler sur les routes publiques des prototypes d'engins de tous genres. Ce fut un grand succès grâce au talent d'organisation de celle qui avait été ma fidèle collaboratrice à mes débuts au Japon, Asahina san et ses équipes. Parmi les invités, on pouvait compter la Princesse Takamado Nomiya qui nous faisait l'honneur de sa présence et de Seiji Kondo, devenu président du constructeur de camions Hino (Groupe Toyota) qui délivra le Kampai.

La vie si riche que je menais, partagée entre mes activités professionnelles et ma sphère privée avec Etsuko, était aussi frénétique que passionnante. Si je me déplaçais beaucoup à travers l'Asie pour mon travail, cela ne nous empêchait pas, Etsuko et moi, de nous ménager des moments dédiés à des voyages privés. Ainsi nous avons visité ensemble nombre de pays, la Corée, les Philippines, l'Indonésie, Taïwan, Hong Kong et Macao, le Vietnam, la Russie, autant d'endroits qui resteront gravés dans nos mémoires. Mais c'est de la Mongolie dont je garderai le meilleur souvenir. Nous y sommes allés en 2002 avec nos amis japonais, Mari, Chuko et Yukikazu. Après avoir rejoint la gare Centrale de Pékin, nous avons pris le Transmongolien pour un voyage qui allait durer trente-six heures jusqu'à Oulan Bator. On traversa d'abord les montagnes où serpente la grande muraille de Chine avant d'atteindre la frontière. Là il fallut attendre les quatre heures nécessaires au changement de bogies sous le train à cause de l'écartement des rails qui diffère entre la Chine et la Mongolie. On repartit dans la nuit et au petit matin on entrait dans le désert de Gobi. Ce n'est qu'en fin d'après-midi qu'on atteignit Oulan Bator, notre destination finale. Voyage féérique et mystique pour remonter le temps au pays des Khans, voyage éblouissant où la nature pure et libre de toute pollution peut offrir le jour le spectacle d'un vol d'oiseau très loin vers l'horizon, et la nuit celui d'un ciel éclatant d'étoiles. On dormait sous une yourte, on se nourrissait de viande au goût d'herbe sauvage et de steppe, on buvait du thé au lait fermenté de jument, l'aïrag, et puis on visitait des villes empreintes de foi religieuse et riches d'histoire. Sur le site magnifique de Karakorum, nous avons marché sur les traces de Marco Polo qui y avait séjourné pendant dix-sept ans à la cour du Grand Khan mongol Kūbilaï Khan. Après dix jours d'un voyage nomade à travers les immenses steppes mongoles, on prit le chemin du retour avec un arrêt à Pékin pour revoir la cité interdite et le palais d'été et déguster à cette occasion le meilleur canard laqué de ma vie.

Voilà neuf ans maintenant que j'étais revenu au Japon, depuis Ladoux. Entretemps, en 1999, mon père était parti suite à un infarctus. Heureusement, j'avais eu la chance de pouvoir lui parler seulement quelques jours avant son décès. Pendant cette conversation, même s'il évoquait quelques petites tracasseries de santé, rien ne laissait prévoir ce qui allait arriver. Ce dernier échange avec lui grava pour toujours dans ma mémoire l'image d'un père à la fois généreux et exigeant, mais celle aussi d'un homme social et humaniste, que je ne cesserai jamais de remercier pour tout ce qu'il m'avait apporté et transmis. Les obsèques à Albi avaient été l'occasion de revoir toute la famille Delmas et Genieys et, comme toujours, de partager nombre de bons souvenirs. Par la suite, lorsque j'allais rendre visite à ma mère, il me semblait que, malgré le départ de son cher mari, sa solitude ne lui pesait pas tant que ça entourée de ses amies de toujours.

En Mongolie sous la yourte

Neuf années et encore une fois, je n'avais pas vu le temps passer. Ce fut vers cette période que, lors de l'un de nos entretiens réguliers, Édouard Michelin me fit comprendre qu'il souhaitait mon retour prochain à Clermont-Ferrand. Il me proposait de prendre la responsabilité des activités de Recherche et Développement du Groupe Michelin en Europe. Son objectif était d'ouvrir ce secteur en interne d'une part à travers les entités commerciales et industrielles, et en externe d'autre part en initiant des collaborations avec les universités, les constructeurs et les fournisseurs. Il disait que, compte tenu de mon expérience, j'étais la personne la mieux placée pour cette mission. Cela signifiait pour Etsuko et moi un retour en France, ce qui, cette fois nous enthousiasma. Les parents d'Etsuko n'étant plus de ce monde, il nous semblait que le moment était bien choisi tant sur le plan professionnel que sur plan personnel, pour envisager un nouveau déménagement. Cependant, Etsuko posa une condition à ce changement de cadre de vie, trouver un autre endroit que Clermont-Ferrand pour y poser nos valises. Et comme nous ne pouvions pas trop nous en éloigner non plus, son choix se porta sur la ville de Vichy, cette célèbre station thermale à quarante kilomètres à peine au nord de la capitale auvergnate. La décision fut enfin prise à l'été 2004 nous allions quitter le Japon. On mit un soin particulier à préparer notre installation à Vichy car cette fois, notre séjour en France serait, a priori, de plus longue durée que le précédent.

Une étape à Vichy et Ladoux

« Je vaux ce que je suis dans chaque instant
et le fruit ne naît point qui a négligé quelque étape. »

Antoine de Saint-Exupéry, Citadelle

Le choix de Vichy s'avéra être un choix fort judicieux. On eut la chance de trouver un bel appartement dans une bâtisse historique où la marquise de Sévigné avait résidé trois siècles plus tôt. Etsuko fut ravie d'avoir à le meubler et le décorer. Cette ville au bord de l'allier était pleine de charme tout en offrant un cadre de vie très agréable. Nous étions donc très enthousiastes de nous y installer et qui plus est, avec la perspective d'y rester assez longtemps pour profiter d'une vie de province qui contrastait en tous points avec celle que nous menions à Tokyo.

Je m'engageais dans mes nouvelles activités professionnelles avec énergie et passion, et je n'en manquais pas face à l'étendue et à la variété des sujets que j'allais avoir à traiter.

Dans un premier temps, il m'incombait le pilotage direct de grands projets innovants initiés par le Groupe. Le TIP tout d'abord qui était désormais fort bien engagé. La date et le lieu de la première réunion des dirigeants étaient fixés au 2 mars 2005 à l'Hôtel Beau-Rivage de Genève. Le travail de préparation allait bon train grâce aux excellentes relations que nous entretenions, Masaaki Tsuya aux relations internationales de Bridgestone, Joe Gingo, directeur technique de Goodyear, et moi-même pour Michelin. Il fut vite conclu que le cadre du projet serait l'étude des impacts de l'industrie du pneumatique sur l'environnement et la santé publique. Lors du meeting, deux sujets furent votés parmi les six proposés par les Sherpas : les matériaux et les particules d'usure des pneumatiques. L'objectif du TIP était de financer ces études en les confiant à des laboratoires totalement indépendants, supervisés eux-mêmes par un groupe d'experts indépendants eux aussi, pour que les résultats produits ne puissent être remis en question par le monde scientifique lorsqu'ils seraient communiqués au public. Une fois ces sujets traités, il restait à fixer une gouvernance et un cadre juridique pour le TIP. C'est Manfred Wennemer, alors directeur général de Continental, qui, par une déclaration d'un pragmatisme sans égal, remporta l'adhésion de tous : « laissons les trois grands, Michelin, Bridgestone et Goodyear, discuter des propositions entre eux et une fois seulement qu'ils tomberont d'accord, alors les huit autres valideront ». Salué et approuvé sur le champ par tous, il définissait ainsi la nouvelle gouvernance du TIP. Il fallait aussi que ce nouveau forum mondial ait de bonnes interactions avec les associations régionales de l'industrie. Par ailleurs, Patrice Lepercq proposa de placer le TIP sous l'égide du World Business Counsel for Sustainable Development (WBCSD)[7], ce qui fut, là aussi, validé par tous. Tout était prêt pour que puissent démarrer les travaux concernant les deux projets votés, et cela sous la direction d'Howard Klee, un scientifique expérimenté du WBCSD. Enfin le prochain meeting fut fixé pour le début de l'année 2007.

---

[7] Le WBCSD créé en 1995 est une communauté mondiale réunissant des entreprises soucieuses de répondre aux défis de la durabilité et aux enjeux de protection de la planète.

Et puis il y avait le pneu PAX qui était également l'un des projets sur lequel je m'impliquais totalement. Il avait pris une dimension mondiale, et pourtant il apparaissait de plus en plus clairement que le changement de standard de roue allait être difficile à obtenir. Nous avions tous en mémoire la bataille des standards vidéo, entre Betamax et VHS. Je consacrais beaucoup de temps avec nos équipes dédiées, nos partenaires constructeurs, manufacturiers et fournisseurs, à peser nos options et les risques associées. La collaboration avec Goodyear Europe était certainement la plus dynamique. Une évaluation de tous les scénarios fut présentée et testée avec les constructeurs qui avaient finalement des points de vue très différents les uns des autres. C'est sûrement cela qui nous décida à tout arrêter dès le début de l'année 2007 malgré tout ce que ce projet avait mobilisé d'énergie et de ressources internes comme externes. Et si la décision fut difficile à prendre, elle fut tout aussi difficile à faire admettre, à commencer par François Michelin lui-même. Mais quand j'y repense, je me dis que c'était non seulement la bonne décision mais aussi et surtout le bon moment pour la prendre. En l'assumant, Édouard Michelin avait fait preuve de courage et de discernement car il me semble qu'il évitait ainsi de franchir une ligne de non-retour où tout arrêt ultérieur en cas d'échec eût été désastreux pour tous. C'est à moi que revint la lourde tâche de porter le message aux constructeurs impliqués dans le projet et peu ravis de le voir s'arrêter, comme PSA, Porsche ou Honda ou alors à certains fournisseurs comme Dow Chemical qui fabriquait l'appui du PAX. Il me fallut — redoutable mission — mettre un terme dans les meilleures conditions possibles à toutes les collaborations et tous les contrats engagés dans cet ambitieux projet.

Enfin, le troisième projet qui me demandait beaucoup de temps était la transformation de nos outils de Conception et Fabrication assistées par Ordinateur (CFAO). L'outil que nous avions retenu quelques années plus tôt était le CATIA V5 de Dassault System car c'était celui qui offrait le plus grand potentiel technologique pour concevoir, développer et réaliser de nouveaux produits. Design, définition précise, processus de fabrication, travail collaboratif, autant de points auxquels il pouvait répondre. Cependant, il nécessitait quelques adaptations spécifiques au monde du pneumatique en constant développement. C'est pourquoi je fis établir un programme transverse à toutes les organisations concernées, le XAO, qui pourrait finaliser les développements. Puis je m'employai à assurer son déploiement sur l'ensemble des équipes concernées, celles de la recherche et du développement en Europe, en Amérique du Nord et en Asie, mais aussi celles de l'industrialisation des usines du Groupe Michelin, jusqu'à l'objectif final qui consistait partout d'arrêter et de débrancher tous les anciens systèmes. Bien sûr, il y en eut quelques-uns pour opposer une petite réticence devant ce qu'ils voyaient comme un changement d'habitudes et une limitation de leur liberté de conception, mais pour la plupart d'entre eux, les ingénieurs comme les techniciens adoptèrent avec enthousiasme ce nouveau programme. Et lorsque Bernard Charles qui dirigeait Dassault System visita Ladoux, c'était pour féliciter toutes les équipes d'avoir mené à bien le programme XAO.

En tant que directeur de la Recherche et Développement du Groupe Michelin en Europe mon rôle essentiel était, en m'appuyant sur un encadrement expérimenté et de haut niveau, de gérer des équipes nombreuses et éclatées sur les différents sites en France et en Espagne. Pour suivre la ligne que nous nous étions fixée, à savoir un mode de fonctionnement transversal et collaboratif aussi bien en interne qu'en externe, il me fallait convaincre les cadres des équipes de Ladoux et obtenir leur adhésion sur cette vision nouvelle. Par ailleurs, je devais aller à la rencontre, d'une part des hommes et des femmes de terrain pour comprendre leurs attentes, d'autre part de nos partenaires techniques, à commencer par les constructeurs automobiles. Notre partenariat avec Porsche était particulièrement exemplaire. C'est en étroite collaboration avec ce constructeur que notre gamme de pneus sportifs Pilot put être développée. Des techniciens de la marque venaient régulièrement tester les prototypes sur nos pistes à Ladoux, quant à moi, j'allais souvent à Weissach où se trouvait leur centre de Recherche et Développement. J'avais à cœur également d'encourager nos équipes à développer des collaborations de recherche en amont avec des universités et des laboratoires du monde entier. Du reste, je garde un excellent souvenir de ma rencontre avec le professeur André Fortin de l'Université de Laval au Québec et de nos échanges pour la constitution d'une équipe commune de recherche visant à développer de nouvelles méthodes de maillage et de modélisation par éléments finis.

À Ladoux, le vendredi après-midi était consacré à la revue des projets de développement, et il n'était pas rare à cette occasion de recevoir dans la grande salle de conférence la visite de François Michelin. Il encourageait chaleureusement les équipes de chercheurs et leurs innovations, toujours pressé de les voir portées sur le marché au plus vite. À l'image des créateurs des start-up d'aujourd'hui, il avait cette flamme entrepreneuriale qui avait fait le succès du Groupe. Je me rappelais le lancement du pneu sans clou qui avait été lancé commercialement avant même que sa mise au point industrielle ne soit terminée.

Je n'avais rien perdu de ma passion pour les compétitions automobiles et motos, et je continuais à m'y impliquer avec plaisir. En juin 2005, aux essais du grand prix d'Indianapolis, sur ce circuit en forme d'anneau, un pneu Michelin éclata. C'est une chose qui peut arriver à la suite d'un choc ou d'une crevaison, mais cette fois, on comprit rapidement que ce n'était pas le cas. Le pneu avait éclaté à cause des conditions particulières du circuit qui autorisait dans la courbe de la piste, des vitesses et des surcharges dynamiques totalement inédites jusque-là. Pour pouvoir participer à la course, la seule solution était de modifier le circuit en installant une chicane pour réduire la vitesse maximale. Mais la Fédération Internationale de l'Automobile (FIA) ne voulut rien savoir, et devant son intransigeance, nous nous vîmes dans l'obligation d'imposer à toutes les voitures chaussées de pneus Michelin — car il en allait de la sécurité des coureurs — de ne pas participer à la course et de rentrer après un seul tour d'honneur. Cela n'empêchera pas, cette année-là, Fernando Alonso, Renault et Michelin de gagner le Championnat du monde de Formule 1. Cependant, la guerre des pneumatiques en F1 battait son plein. La saison suivante, la FIA fit savoir que pour réduire les coûts et le temps des essais, elle souhaitait n'avoir qu'un seul manufacturier pour toutes les écuries, dont le choix serait le résultat d'un appel d'offres. Pour Michelin, c'était inacceptable. Imposer un seul manufacturier en Formule 1 était contraire à l'esprit sportif, sans compter que nous considérions la compétition automobile comme un laboratoire pour tester nos innovations autant que comme un moyen de communiquer. Mais sans concurrence entre les manufacturiers quelle communication possible ? Édouard Michelin engagea une démarche auprès des constructeurs engagés en Formule 1, mais aucun d'entre eux ne voulait vraiment aller contre la FIA sur ce sujet. Une ultime rencontre avec la fédération était prévue à l'occasion du grand Prix de Monaco, à laquelle Édouard Michelin me demanda de l'accompagner avec l'espoir de convaincre Bridgestone de faire front avec nous. J'aurais sans doute revu Shigeo Watanabe à cette occasion, si Édouard Michelin n'avait pas finalement annulé notre voyage maintenant persuadé que la décision de la FIA était irrévocable.

Depuis tant d'années à Clermont-Ferrand, il devenait indispensable pour le Groupe Michelin de réorganiser et de moderniser ses sites. Par exemple, les activités du pôle de Recherche et Développement que je dirigeais étaient dispersées sur pratiquement tous les sites de la ville et de ses alentours. Il était nécessaire de les regrouper sur le site de Ladoux. Cette réimplantation fut l'objet d'âpres discussions avec les syndicats à cause de certains employés qui se voyaient déplacés dans leur lieu de travail de quelques kilomètres seulement. Et s'il y eut discussion, ce fut aussi avec François Michelin qui ne voulait pas qu'on touche à la cheminée de l'ancienne usine des Carmes. Mais on dut finalement l'abattre car elle menaçait de s'écrouler. On réussit à satisfaire son souhait de garder une âme industrielle au sein du siège, en maintenant sur le site un atelier de fabrication.

C'est à cette époque que fut également décidé de lancer un nouveau projet appelé URBALAD qui vit émerger 10 ans plus tard le nouveau bâtiment principal R&D a Ladoux permettant de regrouper tous les ingénieurs et techniciens en leur assurant les meilleures conditions de travail mode collaboratif.

J'étais passionné par mon travail à Ladoux, par la richesse de mes rencontres et de mes échanges avec tous les acteurs de la recherche et du développement. On me demandait régulièrement de prendre la parole en public au nom du Groupe Michelin, de donner des interviews à des journalistes ou encore d'accueillir des personnalités du monde politique, comme en novembre 2006 lorsque je reçus à Ladoux Christine Lagarde, alors ministre du Commerce extérieur.

Mais il arrive parfois des événements inattendus et inimaginables qui font tout basculer brutalement. Et c'est ce qui se passa le 26 mai 2006 lorsque Édouard Michelin trouva la mort dans le naufrage d'un bateau de pêche au large de l'Île de Sein. Ce jour-là, nous étions en voiture Etsuko et moi de retour de vacances en Camargue, et c'est un appel sur mon téléphone portable qui m'apprit cette nouvelle stupéfiante. Michel Rollier, alors co-gérant nous convoqua tous, tous les directeurs du Groupe, pour le lundi suivant et nous annonça avec beaucoup d'émotion, de courage et de détermination qu'il allait prendre la suite d'Édouard Michelin. Le décès si soudain de ce jeune entrepreneur de quarante-deux ans en pleine force de l'âge marqua fortement tous les esprits à travers le monde entier. Des messages de condoléances et de respect arrivaient de partout, et la vive émotion que ressentaient tous les employés témoignait de l'attachement qu'ils avaient pour leur jeune patron. Deux jours après, Fernando Alonso lui rendait un bel hommage à Monaco après avoir remporté le Grand Prix de Formule 1. Sur la plus haute marche du podium, il leva haut sa casquette marquée du logo Michelin qu'il pointa de son index, la mine grave. La messe des funérailles fut donnée dans la grande cathédrale de Clermont-Ferrand, une cérémonie qui rassembla une foule immense dont le silence révélait la force du recueillement. Et si l'on s'attendait à voir François Michelin abattu comme quiconque l'aurait été d'avoir perdu un fils, il n'en était rien tant il semblait porté par sa grande foi, occupé à nous encourager tous à croire en l'avenir. Tous les dirigeants des plus grandes sociétés firent le déplacement à Clermont-Ferrand pour assister aux obsèques. J'eus l'occasion ainsi de revoir Carlos Ghosn et son épouse Rita. Quant à Shigeo Watanabe, il tenait absolument à y participer et me demanda d'organiser sa visite. Etsuko avait choisi pour lui un magnifique bouquet de fleurs blanches qu'il déposa près du catafalque où était placé le cercueil. Place des Carmes, on avait exposé une immense photo d'Édouard Michelin et je fus touché de voir le respect avec lequel le président de Bridgestone la caressait de sa main. Il y avait dans ce geste tout ce qui avait uni ces deux hommes à la tête de leurs entreprises respectives.

Cette même année, une autre nouvelle allait bouleverser le cours des choses. François Busson alors président de Nihon Michelin était atteint de la maladie de Charcot. Celle-ci s'était déclarée de façon soudaine et si personne n'était en mesure de dire à quelle vitesse elle allait progresser, nous savions que ses jours étaient comptés. C'est Jean Moreau, responsable à ce moment-là du service du personnel qui m'avait appelé pour m'informer de la situation, tout en me prévenant qu'il fallait me préparer à toute éventualité. Je devinais ce que cela signifiait. Et effectivement, lorsqu'au début de l'année 2007, la santé de

François Busson se dégrada face à une maladie qui évoluait trop rapidement malheureusement, Jean Moreau m'avertit que j'allais bientôt repartir au Japon. Moi je ne me sentais pas prêt pour cela, j'étais satisfait de mon poste actuel et je n'avais aucunement envisagé un retour au Japon aussi prématuré. Du reste, Etsuko, elle non plus, n'était absolument pas pressée de rentrer. Lorsque nous étions arrivés à Vichy, c'était dans la perspective d'y rester quelques années. Jean Moreau insista faisant appel à mon sens du devoir. Je rencontrai Michel Rollier et Jean-Dominique Senard, récemment nommé co-gérant, qui tous deux se montrèrent très explicites dans leurs attentes. Je posai alors quelques conditions, notamment celle de mon autonomie dans le cadre de mes futures responsabilités, conditions qui furent validées, et, avec l'accord d'Etsuko, je finis par accepter la proposition. François Busson que je connaissais pour l'avoir côtoyé lors de mon deuxième séjour à Tokyo était un homme de volonté et de passion. Jusqu'au bout il voulait rester au Japon. Lorsqu'il fut entendu que j'allais reprendre le poste, je fis un voyage pour le rencontrer et malgré l'état avancé de sa maladie, il restait lucide me prodiguant conseils et encouragements. Peu de temps après, il fut rapatrié en France et décéda quelques semaines plus tard parmi les siens dans sa maison familiale de Saint-Jean-de-Luz. À ses obsèques dont je garde un souvenir ému, son épouse Régine avait lu une lettre admirable qui nous avait tous bouleversés.

Et voilà qu'à nouveau, après trois années merveilleuses, il nous fallut repartir Etsuko et moi. Le séjour n'avait pas été, comme nous nous y étions préparés, plus long que le précédent, mais cette fois nous nous étions fait de nouvelles connaissances et nous avions été heureux de vivre ici dans cette merveilleuse région d'Auvergne. On décida alors de garder notre appartement à Vichy pour nos futures vacances d'été. Quant à moi, j'allais quitter le monde passionné et passionnant de Ladoux avec tous ses employés. Je regrettais de ne pas avoir passé plus de temps avec eux pour mieux les connaître encore. Mes collègues qui connaissaient mon goût pour la conduite m'offrirent en guise de cadeau de départ la libre utilisation des pistes de Ladoux pendant une demi-journée au volant d'une Porsche 911 GT2 et d'une Ferrari 360.

Tokyo, le retour 2

« Il me fallut quitter cette joie tranquille [de la campagne] et revenir, poussé par cette superstition des villes qui fait que tant d'hommes aiment encore mieux y être broyés que de ne pas faire partie de ce "mouvement" dont ils sont d'ailleurs les douloureux et inconscients rouages. »

Claude Debussy, Monsieur Croche

En septembre 2007, nous étions de retour au Japon où nous revenions à un mode de vie que nous connaissions bien. Loin de ce que nous avions laissé en Auvergne, au moins nous retrouvions le charme des alentours de Tokyo et le plaisir, non des moindres, de la gastronomie japonaise. Cependant, notre petite maison de Sotoboso à Chiba face à l'Océan Pacifique avait souffert des intempéries et de notre absence. Elle était devenue dangereuse à habiter et ce fut un crève-cœur d'être obligé de la démolir.

J'allais vite me rendre compte que mon troisième séjour au Japon serait fait de nouveaux défis. Je ne fus pas long à comprendre pourquoi on avait tant insisté pour que je reprenne les rênes. La situation n'était pas des plus faciles. Les deux décès, celui d'Édouard Michelin qui avait fait du développement au Japon une priorité, suivi de celui de François Busson très apprécié des équipes japonaises, avaient laissé tout le personnel local dans une déprime palpable. Sans compter que l'usine d'Ota était en pleine restructuration industrielle. Il est vrai que l'usine qui avait bénéficié de la crise du pneu pour pick-up trucks et SUV à la suite de l'affaire Firestone, avait, depuis, perdu ce marché nord-américain et de fait avait vu son volume de production se réduire drastiquement. Elle s'était maintenant spécialisée dans la production de pneus hiver sans clous pour les marchés nordiques et Christophe Dejean, le directeur de l'usine, avait proposé une nouvelle orientation et un projet d'investissement. Mais nos employés et le syndicat s'interrogeaient sur son futur. La nouvelle organisation de la Zone Asie tardait à se mettre en place. Voilà pourquoi il fallait aux dirigeants du Groupe quelqu'un de confiance au Japon pour reprendre en main toutes les affaires courantes mais aussi et surtout pour renouer des relations durables avec nos clients, constructeurs et distributeurs. Je me retrouvais en terre connue certes, mais dont le contexte avait bien changé. Ma priorité allait être de retrouver la confiance de nos employés car sans leur engagement, rien ne serait possible pour traverser une période qui s'annonçait difficile. Assez vite, de nouvelles orientations se dégagèrent. Internet fut ainsi retenu comme l'une des priorités pour la transformation de Michelin Japon avec deux projets. D'une part une plateforme de e-commerce, ce qui était totalement inédit et donc révolutionnaire dans le secteur de l'industrie automobile, et d'autre part la rationalisation et la mise en place d'une stratégie « go to market ».

Et puis, il y avait un projet de taille qui allait me demander du temps comme de l'énergie et qui serait pour moi l'opportunité de donner un nouveau souffle à l'image de Michelin au Japon. Le 19 novembre 2007, au Tokyo International Forum, on présenta la première édition, celle de 2008, du Guide Michelin sur Tokyo, le premier du nom en Asie, un événement qui eut un retentissement dans le monde entier. Ce fut l'occasion d'honorer les mémoires d'Édouard Michelin et de François Busson qui avaient été à l'initiative du projet. On savait tous que la gastronomie japonaise était de haut niveau mais personne n'avait imaginé qu'autant d'étoiles allaient être octroyées. Cent dix-sept restaurants reçurent une étoile, vingt-cinq en reçurent deux, et pas moins de huit chefs décrochèrent la reconnaissance suprême des trois étoiles. Pour l'anecdote, l'un d'entre eux était un chef sushi de Ginza dont les toilettes étaient à l'extérieur. Et si pour son assiette il avait recueilli les trois étoiles, pour le reste il n'avait eu que le nombre minimum de couverts, icône d'évaluation du confort, de l'ambiance et du service. Il lui fut vite recommandé de doter son établissement de toilettes. Avec une sortie si attendue, il fallait s'attendre à ce que le guide suscite la controverse. La polémique la plus symbolique fut le scandale qui éclata lorsque le classement viola la vénération japonaise de l'ancienneté en attribuant trois étoiles à l'élève d'un ancien maître qui, lui, n'en reçut qu'une seule. Les éditoriaux des journaux se demandaient s'il fallait s'attendre à ce que l'apprenti dépasse un jour le maître ou si c'était une erreur de rendre public un tel déshonneur. Cependant, le public japonais fut en grande partie réceptif et en un mois seulement, trois cent mille guides Michelin Tokyo se vendirent, épuisant les stocks de papier spécifique utilisé pour son impression. La presse traita cette sortie comme un événement culturel majeur. Le Nikkei, le plus grand quotidien économique japonais compara le lancement du guide rouge à l'arrivée des quatre « vaisseaux noirs » du Commodore Perry, qui, en 1853, avaient mis fin à plus de deux siècles d'isolement de l'archipel. J'étais happé par les médias aussi bien japonais qu'internationaux. Ils voulaient tous connaître, à l'instar de The Economist qui m'avait à nouveau convié devant une assemblée d'hommes d'affaires, les raisons d'un tel succès au pays du Soleil-levant souvent perçu comme impénétrable par les entreprises étrangères. Les questions qui revenaient le plus souvent étaient liées au mode de vie japonais face aux « critères Michelin ». Ce pays si fier de ses traditions ancestrales, était-il prêt à accepter l'intrusion d'un guide étranger dans un domaine aussi particulier que sa tradition culinaire ? Comment un système de classement tel que la distinction des étoiles pourrait représenter une référence fiable pour toutes les cuisines du monde ? Des questions qui trouvaient leurs réponses dans un seul mot, la qualité. Plutôt que leur goût personnel, les inspecteurs jugeaient la qualité sur des critères très objectifs communs à n'importe quel type de cuisine : qualité et choix des ingrédients, la maîtrise des cuissons et des saveurs, la personnalité de la cuisine, la constance de la préparation et le bon rapport qualité prix. Cependant, la dimension culturelle existe et la singularité de chaque gastronomie se doit d'être respectée. C'est pourquoi, parmi les inspecteurs, il y avait aussi des inspecteurs japonais recrutés à cet effet. Je me souvenais alors d'une discussion lors d'un repas, quelques années auparavant, ce devait être en 2003, lors de ma deuxième mission au Japon. J'avais été invité à déjeuner par Jean-Claude Vrinat à son restaurant le Château Taillevent Robuchon dans le quartier d'Ebisu à Tokyo au milieu de plusieurs autres convives et en présence de Bernard de Monferrand, alors ambassadeur de France au Japon. Quelqu'un m'avait demandé si la création d'un guide au Japon allait voir le jour. J'avais été surpris d'autant que je ne maîtrisais par très bien ce sujet. Je me souviens que j'avais répondu évasivement évoquant l'investissement important qu'un tel projet nécessiterait. C'est Jean-Claude Vrinat qui n'avait pas participé à cette discussion jusque-là qui y mit fin en disant « monsieur Delmas a raison ». Il m'avait sauvé ce jour-là mais cet épisode n'avait pas manqué de provoquer chez moi ces mêmes questions auxquelles je répondais aujourd'hui. Je faisais confiance à la crédibilité du guide Michelin et de ses méthodes rigoureuses déjà éprouvées pour avoir raison des réserves et même celles profondément ancrées.

Après le succès rencontré par le premier guide Michelin au Japon, il était impensable de ne pas s'engager sur d'autres villes telles que Kyoto et Osaka toutes deux dans la région du Kansai. Le maire de Kyoto, Daisaku Kadokawa san soutenait l'initiative, persuadé qu'il était temps de bousculer un ordre trop bien établi depuis des lustres, et ce, malgré la réticence de certains chefs, peu convaincus de la légitimité du Guide à évaluer la gastronomie japonaise. Forts de ce soutien, mais aussi de celui de Yoshiaki Hompo, directeur du Japan National Tourism Agency (JNTO), on redoubla d'efforts pour nous adapter au contexte local et c'est ainsi que furent introduits et répertoriés les ryokans, les auberges traditionnelles japonaises. C'est lors d'une cérémonie dans le temple zen Koen-ji à Kyoto qu'on annonça les lauréats. C'est à moi que revint l'honneur du discours d'ouverture, anxieux devant un parterre silencieux de chefs et de personnalités. Puis les discours s'enchaînèrent, d'abord Yoshiaki Hompo, dans une magnifique tenue de chef, dessinée et réalisée spécialement pour l'occasion par la célèbre designer Junko Koshino, puis Daisuke Kadokawa, en kimono traditionnel. Dans son discours, il s'adressa à mots couverts à tous ceux qui avaient encore des doutes sur l'arrivée de ce guide à Kyoto en le comparant tout simplement avec l'arrivée du thé de Chine au huitième siècle, thé que les Japonais par leur travail et leur raffinement avaient su transformer au cours des siècles en ce merveilleux thé vert japonais Sensha ou Gokuryo. Puis il leva son verre de saké en prononçant le « kampai[8]». Même si le plus gros de la partie était fait, il me fallait encore remporter la dernière manche en affrontant les médias remontés par certains chefs encore réticents. Cela prit encore plusieurs mois et après un travail assidu d'explications détaillées on finit par aboutir à l'acceptation du Guide rouge au temple de la gastronomie japonaise. Enfin la consécration et nous pouvions désormais le déployer partout ailleurs au Japon et en Asie.

Curieusement, quelques années plus tard, j'allais de nouveau être mis sur la sellette à propos du Guide Michelin au Japon mais par des représentants officiels français cette fois. En mars 2011, Pierre Lellouche, alors secrétaire d'État au commerce extérieur de la France, était en visite au Japon. Quelques personnes de sa délégation me suggérèrent de remplacer nos macarons par des baguettes pour différencier les restaurants de cuisine japonaise, mettant en avant ceux de gastronomie française. Comme cela était incongru et contraire à l'approche universelle de Michelin ! Comment pouvez-vous comparer le lièvre à la royale avec des sushis, me rétorquait-on ? Après une recherche rapide dans le Guide Michelin France, j'annonçais, non sans malice, à mes objecteurs français que le seul chef à servir du lièvre à la royale sur une table à Paris était un chef japonais ! Puis je leur confirmais également que nous

[8] toast

avions en projet de publier prochainement une version du Guide dédiée exclusivement aux bonnes petites tables françaises de Tokyo, ce qui finalement calma les esprits.

Cette année-là, le guide vert touristique du Japon fut également lancé. Il fit sensation car il donnait trois étoiles au mont Takao qui offre au sud de Tokyo une superbe promenade s'ouvrant sur une vue magnifique du Mont Fuji, elle aussi dotée de ses trois étoiles. Le JNTO développait une nouvelle stratégie de développement du tourisme international au Japon, appelée « inbound ». Je reçus de sa part le titre d'ambassadeur « Yokoso Japan », renommé depuis « Visit Japan », visant à reconnaître et encourager les efforts de promotion touristique du Japon par le Guide Michelin.

Dès la fin de l'année 2007, on avait vu le sourire revenir sur les visages des employés qui recommençaient à se regrouper autour des machines à café pour bavarder et fumer une cigarette. Tous reprenaient confiance, s'engageaient résolument dans les nouveaux projets suivant la direction que je leur avais proposée dès mon arrivée.

Cependant, de l'autre côté du Pacifique, se jouait un épisode tragique de l'économie occidentale, la crise des subprimes. Et comme on le sait, cela dégénéra en une crise financière mondiale qui atteignit son paroxysme en 2008 avec la faillite de la banque Lehman Brothers aux États-Unis suivie de l'emballement de la dette publique grecque en Europe.

Cette crise déclencha une récession mondiale, aussi brutale que soudaine. Les marchés des pays occidentaux et du Japon s'effondraient au moment même où le Groupe Michelin investissait massivement dans les pays en développement comme la Chine, le Brésil et l'Inde pour s'y développer tout en renforçant sa compétitivité à l'ouest. La surcapacité industrielle qui en résulta entraîna des mesures immédiates visant à adapter notre production en Occident et au Japon. Mais la profondeur de la crise obligea le Groupe à aller plus loin encore pour renforcer sa compétitivité industrielle. On dut mettre un terme à l'activité des usines les moins performantes, souvent les plus petites, en Europe de l'Ouest, en Amérique du Nord, et parmi elles, celle d'Ota au Japon. Immédiatement je fis étudier un plan de restructuration pour pouvoir proposer des alternatives à nos employés chez Michelin au Japon, dans les autres usines du Groupe, mais aussi à l'extérieur de l'entreprise pour le plus grand nombre. La direction du groupe nous assurait un support total dans cette démarche. La longue négociation que j'eus à mener face à nos employés et à leur syndicat fut, je crois, l'expérience humaine la plus forte qu'il me fut donné de vivre de toute ma vie professionnelle. Je leur consacrais tout mon temps en priorité tant je pouvais sentir comprendre leur émotion et le sentiment d'abandon qu'ils ressentaient. Je les rencontrais tous, en groupe ou individuellement, de jour ou de nuit, et à chaque fois j'étais frappé par l'expression de leur attachement indéfectible à l'entreprise. J'avais à mes côtés pour m'assister dans cette tâche difficile Christophe Dejean, le directeur de l'usine et Katsura san, notre directeur du personnel. Notre volonté affichée était celle de ne laisser tomber personne et de proposer à chacun une solution acceptable. Par ailleurs, nous voulions aussi démontrer à ceux qui restaient que l'entreprise poursuivrait sa route au Japon. Au bout de plusieurs semaines d'échanges intenses, Sudo san, le chef du syndicat avec lequel j'entretenais un dialogue permanent, émit le désir de rencontrer la direction de l'entreprise à Clermont-

Ferrand. Il n'y avait aucune raison de refuser cette requête étant donné que nous avions pour objectif de lui montrer combien tout avait été fait pour que l'arrêt de l'usine auquel personne ne pouvait se résoudre mais pourtant inéluctable, se passe le mieux possible pour tous. J'accompagnai donc en France Sudo san avec un petit groupe de représentants du syndicat. On s'arrêta d'abord à Paris où je leur fis découvrir la capitale qu'aucun d'eux ne connaissait avec un déjeuner resté mémorable au « Pied de cochon ». À Clermont-Ferrand ils furent reçus par Florent Menegaux, alors membre du Comité exécutif du Groupe, qui répondit à toutes leurs questions. À notre retour, les discussions se poursuivirent encore de nombreuses semaines et enfin un ultime tête-à-tête avec Sudo san se solda par une poignée de main qui concluait notre accord. Il restait maintenant à s'assurer que tout se déroulerait comme prévu, et en premier lieu, le placement de tous ceux qui n'avaient pas pu bénéficier de postes en interne chez Michelin au Japon ou dans nos nouvelles usines de Chine, de Thaïlande ou du Brésil. Les deux sociétés locales, qui nous assistaient pour cela, firent un excellent travail, et en moins d'un an, tous nos employés avaient retrouvé un nouveau poste. J'avais posé comme condition que la production à Ota puisse être assurée jusqu'à juillet 2010, le temps nécessaire qu'il fallait pour la transférer à d'autres usines du Groupe sans avoir à rompre la continuité de service à nos clients. Et enfin le dernier jour arriva. Ce jour-là, je fus convié à une cérémonie où une délégation d'employés me remit une vidéo où l'on pouvait suivre la fabrication du dernier pneu Michelin de l'usine d'Ota. Il me fut difficile de contenir mon émotion. Vingt ans après ma première visite dans cette usine, je recevais par ce geste le témoignage d'un attachement certain de ces hommes et de ces femmes à leur entreprise. J'aimais beaucoup cette région de la préfecture de Gunma où se trouvait le site d'Ota. Elle me rappelait, par ses paysages de montagnes et de lacs, mais aussi par la mentalité de ses habitants, notre belle Auvergne. Du reste lorsque cette année-là on me convia à rejoindre la toute nouvelle Association franco-japonaise du Gunma en tant que vice-président, j'acceptai aussitôt. C'était pour moi l'occasion de montrer combien Michelin était toujours engagé dans la vie locale de cette préfecture. Et pour cause, l'arrêt de la production locale ne signifiait pas la fermeture du site d'Ota où les activités de recherche technologiques allaient se voir renforcées. Une équipe transverse fut constituée sous la direction de Christophe Dejean.

Cela ne remettait pas non plus en cause le développement et la présence du Groupe au Japon. Et pour que ce message soit clair pour la communauté japonaise, je m'engageais dans différentes actions, enthousiaste et fier d'incarner la vision d'un groupe plus que jamais présent et acteur du marché japonais.

Ainsi, aux côtés de Frédéric Henri-Biabaud qui avait succédé à Pierre Dupasquier à la direction du Service compétition du Groupe, on s'engagea dans le super GT, le championnat automobile organisé par la fédération japonaise. En 2008, une Nissan Z équipée de pneus Michelin avait gagné le GT300, ce qui avait déjà installé une certaine confiance, il nous fallait maintenant trouver une voiture pour aborder le GT500. Je sollicitai alors Sanada san Président de Nismo, la division Motorsport de Nissan que je connaissais depuis mes débuts au Japon lorsqu'il était à l'engineering du constructeur, et qui accepta de nous confier une des cinq GT-R engagées dans ce championnat. C'était un vrai laboratoire pour notre équipe compétition tant les pneumatiques jouent un rôle fondamental dans cette course de haut niveau. Il faudra attendre la fin de l'année 2011 après un travail acharné d'adaptation de nos pneumatiques aux conditions variées des circuits japonais, face à la vive concurrence des manufacturiers japonais, pour voir Ronnie Quintarelli et Masataka Yanagida remporter le premier championnat GT500 sur une Nissan GT-R de l'écurie S-Road MOLA équipée en Michelin. Ce premier titre sera suivi de trois autres titres, en 2012, 2014 et 2015, marquant ainsi la domination de la Nissan GT-R, de Michelin et de l'équipe NISMO sur le championnat super GT500 japonais.

Par ailleurs, lorsqu'on me proposa de devenir membre du Groupe Environnement Action (GEA), je vis là une excellente occasion de rencontrer régulièrement et à haut niveau des représentants du Gouvernement, de l'administration, du monde universitaire et des dirigeants d'autres grandes entreprises japonaises. Ensemble, nous pouvions échanger autour de ces questions environnementales maintenant au centre de tous les débats. Désireux de prendre position comme leader de la mobilité durable au Japon, nous entretenions d'excellentes relations avec le ministère de l'Environnement, le MOE, et ce depuis le Challenge Bibendum de Kyoto. Michelin Japon fut la première société non japonaise à obtenir le label « Eco-First » pour ses actions de promotion des pneus verts et du rechapage des pneus poids-lourd pour lequel le Japon était alors très en retard. Je me souviens de ma première participation au GEA. C'était en 2009 et ce jour-là, j'avais eu l'honneur et le privilège d'avoir un entretien privé avec le prince héritier Naruhito à qui j'avais pu expliquer quelle était la vision d'une mobilité durable pour Michelin. J'en avais profité pour lui remettre avec fierté un exemplaire du Guide Michelin Tokyo.

Au GEA en 2009, salutation au prince héritier Naruhito

Enfin, encouragé par la direction de Michelin et par des collègues français résidant et travaillant au Japon, je devins administrateur de la Chambre de Commerce et Industrie française du Japon, la CCIFJ, dont je fus élu président à partir de mars 2010.

Chez Michelin Japon, nous nous engageâmes dans un vaste projet de restructuration et d'investissement. La taille comme la complexité de nos opérations en Asie appelaient une réorganisation au sein du Groupe dans cette partie du monde. La Corée fut ainsi associée au Japon pour créer à côté de la Chine, de l'Asie du Sud-Est et de l'Océanie une nouvelle région qui prit le nom de JPK.

En Corée, une tentative de reconstruction industrielle en partenariat avec un manufacturier local fut amorcée. Michelin détenant déjà 10 % de Hankook, cela paraissait légitime d'essayer de pousser plus loin cette association. Et pour montrer notre volonté d'associer la Corée à la stratégie globale de Michelin, on organisa en 2009 à Séoul, notre Michelin Green Forum en présence de Jean-Dominique Senard. Mais finalement cela n'aboutit pas et Michelin finit par revendre ses parts dans Hankook Tire en 2011 en engrangeant au passage une plus-value substantielle. Dès lors en Corée, comme au Japon Michelin se retrouvait face à des concurrents locaux essentiellement, Hankook, Kumho et Nexen.

Du côté des constructeurs, Hyundai préparait activement son entrée dans le segment premium avec Genesis, sa nouvelle marque. Et comme l'avaient fait au Japon Honda, Nissan et Toyota dans les années 90, c'est à nous que Hyundai fit naturellement appel pour équiper ses nouveaux véhicules.

Certains distributeurs nous encouragèrent à développer, en collaboration avec eux, un concept de magasin exclusif à la marque Michelin au centre des grandes villes. C'était une première pour nous d'expérimenter un tel business model, mais devant son succès, on imagina qu'il pouvait, sous certaines conditions bien sûr, servir de référence à d'autres pays.

Par ailleurs, le gouvernement coréen observateur envieux du retentissement mondial du succès du Guide Michelin Japon, ne tarda pas à nous solliciter pour avoir ses propres Guides. Nous n'avions pas anticipé un sujet épineux, celui de garder une cohérence dans les noms des mers et des îles que les pays d'Asie se disputaient. Ce fut une discussion âpre et tendue avec les autorités de chaque pays, qui se régla finalement grâce aux conventions de l'ONU.

Ainsi la stratégie déjà expérimentée avec succès au Japon de mettre la priorité sur les segments premium du marché, de travailler étroitement avec les constructeurs et de se différencier par une communication originale comme le Guide Michelin, fonctionnait donc aussi en Corée.

La vie au Japon avait repris ses marques. Avec Etsuko, nous nous étions mis en quête d'une nouvelle résidence pour les weekends, mais cette fois dans une région d'onsen. Notre recherche aboutit en juillet 2010 à Yugawara dans la montagne à la frontière des préfectures de Kanagawa et Shizuoka sur la presqu'île d'Izu à cent kilomètres au sud-ouest de Tokyo. Nous avions trouvé la perle : une maison traditionnelle tout en bois d'hinoki, qui avait appartenu à un peintre de calligraphie shodo. Sa restauration nous occupa bien tous les week-ends jusqu'à la fin de l'année. Comme à Vichy, quelques années plus tôt, Etsuko pilotait les travaux avec maestria, s'assurait que le style « wa » était bien respecté, et assurait avec goût l'aménagement de la maison. Lorsque ce fut terminé, le résultat fut à la hauteur de nos espérances. Notre nouveau nid nous enchantait avec sa belle cuisine agencée avec soin et surtout son onsen avec vue sur le jardin japonais. Dès lors, nous allions en profiter avec bonheur. Notre maison fera les délices de la plupart de nos week-ends. Nous nous y retrouverons souvent avec de nombreux amis japonais mais aussi français comme Pascal, collègue de mes débuts à Clermont-Ferrand, ou encore Éric, qui venus nous visiter au Japon avec leurs épouses, resteront sous le charme de l'onsen et de la merveilleuse cuisine locale.

L'après-Fukushima

« Le tsunami est une méduse, il liquéfie pour toujours ceux qui s'aventurent à se retourner pour le regarder. À Kamaichi, on en retrouvera deux enlacés. Les amoureux de Kamaichi. Jusqu'à la fin, ils ne se sont pas lâchés. »

Michaël Ferrier, Fukushima : récit d'un désastre

Vendredi 11 mars 2011, à 14 h 46

Je suis dans mon bureau, au huitième étage de l'immeuble Michelin à Iidabashi au cœur de Tokyo, en meeting avec un collègue lorsqu'une première série de fortes secousses nous précipite tous les deux brutalement par terre. Nous nous relevons dans un répit de quelques minutes à peine, et déjà une deuxième série de secousses nous renvoie au sol. Nous nous accrochons aux pieds du bureau jusqu'à ce ça s'arrête. Dans ce qui semble être une accalmie, nous sortons du bureau et retrouvons nos collègues tout aussi interloqués que nous par la soudaineté et la brutalité de l'événement. Certains d'entre eux se sont déjà coiffés de casques. Les premières mesures de sécurité sont mises en place. On comprend vite le caractère exceptionnel de ce qui est en train de se passer. Heureusement les textos passent et on peut tous rassurer nos proches. Impossible de rentrer chez soi ce soir-là, les transports publics sont tous à l'arrêt. Il y a tout de même quelques courageux pour faire le trajet à pied. Les autres, dont je suis, préfèrent passer la nuit au bureau en se réconfortant les uns les autres. Les nouvelles arrivent de plus en plus catastrophiques. On entend un tremblement de terre de magnitude 9,1, d'une puissance inouïe dans le Pacifique au large des côtes du Tohoku a provoqué un tsunami dévastateur et meurtrier. Les médias parlent d'un nombre incroyable de victimes et de disparus. La vague géante a déferlé sur la centrale nucléaire de Fukushima coupant tous les circuits électriques qui alimentent les systèmes de refroidissement des réacteurs. On s'inquiète, on est tous anxieux devant l'ampleur de l'accident, sans pourtant en mesurer encore les possibles conséquences. Enfin au petit matin, nous pouvons tous regagner nos domiciles.

Dans l'après-midi du samedi 12 mars, le réacteur n°1 explose en émettant des produits de fission tels que l'iode 131 et de Cesium 137. Le processus de fusion du combustible a commencé. Le lundi 14 mars, c'est le réacteur n°3 qui explose, suivi le mardi 15 mars au matin de celle du réacteur n°2.

Nous vivions en direct la crise nucléaire de Fukushima, une crise qui allait être un cauchemar pour nous tous au Japon. Une forte inquiétude s'emparait de la population et, face à l'incurie de la direction de TEPCO, opérateur de la centrale nucléaire de Fukushima, le Premier ministre Naoto Kan prit les choses en main. Il était maintenant vital que le refroidissement des réacteurs soit assuré en permanence pour éviter que les combustibles nucléaires en fusion ne percent le fond des cuves des réacteurs. Comme à Tchernobyl, des équipes de pompiers héroïques se sacrifièrent, mettant en place des systèmes d'arrosage de fortune pour arrêter l'emballement thermique des réacteurs. Dans les jours suivants, les chocs sismiques se répétaient à tout moment du jour et de la nuit. Certes bien plus faibles que ceux du 11 mars, mais ils s'ajoutaient au stress ambiant déjà bien élevé.

Le pire aurait pu arriver, mais heureusement n'arriva pas. Les vents qui au début soufflaient vers l'intérieur du pays, se tournèrent vers l'est et emportèrent l'essentiel des émissions radioactives vers l'Océan Pacifique. Je n'ose pas imaginer ce qui serait advenu si les vents ces jours-là avaient été orientés plein sud en direction du Grand Tokyo, là où résident près de quarante millions d'habitants à deux cent quarante kilomètres au sud de Fukushima.

Pour nous, responsables d'entreprises étrangères au Japon, il nous fallait évaluer le mieux possible la situation et ses conséquences et en premier lieu assurer la sécurité des employés et de leur famille. J'étais très attentif aux annonces officielles qui délimitaient le périmètre de sécurité autour de la centrale de Fukushima pour pouvoir immédiatement appliquer ces mesures à notre personnel. Certains de nos employés désireux d'éloigner temporairement leur famille de la ville de Tokyo furent installés à Osaka le temps que tout cela rentre dans l'ordre. Mais nous devions aussi assurer le mieux possible la continuité de l'activité, et en particulier un service constant à nos clients et à nos usines asiatiques. Je réunissais l'équipe de direction de Michelin tous les jours pour analyser la situation et mettre en place les mesures nécessaires. Comme j'attachais beaucoup d'importance à la qualité des informations que nous échangions, je passais personnellement beaucoup de temps à recueillir les dernières nouvelles locales, les renseignements utiles par tous les canaux possibles, pour pouvoir ensuite les partager avec mes collègues en local et au siège. Par ailleurs, deux cellules de crises avaient été constituées, en miroir l'une de l'autre, au Japon, l'autre en France. Cela s'avéra très efficace à la fois pour prendre les décisions qu'il fallait, comme pour nous équiper de générateurs électriques à Ota pour remédier aux ruptures de courant régulières.

En tant que Président de la CCIFJ, j'avais aussi un rôle à jouer vis-à-vis des autres entreprises françaises du Japon. Avec Philippe Faure, alors Ambassadeur de France au Japon, nous réunissions régulièrement les responsables des entreprises pour faire le point. Trois enquêtes successives de la CCIFJ auprès de ses membres nous permirent d'une part de bien comprendre les situations des uns et des autres, d'autre part de les rassurer en partageant les réalités de chacun. Et même si certains, peu nombreux, choisirent de partir ou de se délocaliser, la plupart d'entre eux restèrent fidèles à leur poste dans la reconnaissance de leurs clients et de leurs employés. Une interview pour la chaîne NHK fut l'occasion pour moi d'apporter mon témoignage sur ce que nous vivions, mais surtout de dire pourquoi je restais au Japon. Il faut dire que cette crise tellement incroyable semait le doute chez tous les expatriés français dont certains voyaient leur avenir au Japon compromis. Les inscriptions au Lycée français de Tokyo pour la prochaine rentrée de septembre chutaient alors même qu'un projet de réaménagement et d'agrandissement était en cours. Là aussi, dans le cadre de la Chambre de Commerce, j'intervins à la demande de Philippe Faure pour réfléchir aux impacts de ces défections. Mais finalement et après concertation avec mes collègues, je confirmai que les besoins de croissance à l'origine du projet deux ans auparavant étaient toujours d'actualité. On organisa donc une collecte de fonds pour pouvoir acquérir certains équipements nécessaires au futur Lycée français International de

Tokyo. Aujourd'hui, on ne peut que se féliciter d'avoir été au bout de ce projet.

Michel Rollier, gérant du Groupe Michelin nous rendit visite au Japon à peine quelques semaines après le début de la crise. Il tenait à rencontrer les employés de Michelin Japon, mais aussi certains de nos clients durement affectés par le tremblement de terre et le tsunami.

Notre distributeur local, notamment, avait tout perdu. Heureusement pour lui, mu par un instinct salvateur, il avait entraîné ses employés au sommet d'un immeuble dont la partie inférieure avait toute été détruite par le courant d'eau dévastateur. Pour faire face aux désastres comme le sien, on vit se former un mouvement de solidarité exemplaire de la part de nos distributeurs, encouragé par Nihon Michelin. Le Groupe fit aussi un don d'un million d'euros à la Croix rouge japonaise.

Je me revois sur les quais du port d'Ishinomaki, juste en face de l'épicentre du tremblement de terre qui avait généré ce monstrueux tsunami. Ce jour-là, c'est sous le soleil de plomb d'un printemps déjà intense et chaud, et dans un silence que seules les mouettes venaient parfois troubler que nous fixions l'Océan devant nous, si bleu, si plat, si calme que c'en était impressionnant. Rien à cet instant ne laissait paraître ce qui avait pu se passer ici même quelques semaines auparavant. Mais très vite, la poussière et une odeur âcre nous ramenaient à la violence incroyable de cet événement qui avait, en moins d'une heure, coûté la vie à vingt-deux mille personnes.

Avec Michel Rollier à Ishinomaki

Les semaines passaient et la vie reprenait doucement son cours jusqu'à redevenir progressivement normale. Les cerisiers en fleurs au parc de Yoyogi pouvaient laisser croire que tout cela n'avait peut-être pas eu lieu. Au mois de mai, c'est à Berlin cette année-là que se tenait l'édition du Challenge Bibendum. Madame Wakako Hironaka, alors directrice du GEA fit un discours d'ouverture fort émouvant. Elle parla de l'avenir, évoquant avec force l'importance pour tous de respecter la nature et l'environnement alors que nous n'avions pas encore une réelle perception des conséquences liées à la catastrophe nucléaire que nous venions de vivre.

Cet été-là, le voyage en France avec Etsuko sonnait comme une sorte de soulagement libératoire. Lorsque, en route vers Vichy, on croisa la centrale nucléaire de Belleville-sur-Loire, on ne put s'empêcher de ressentir une légère appréhension. À bien y réfléchir, la radioactivité était sans doute plus forte en Auvergne qu'à Tokyo.

Mais voilà qu'à notre retour, un nouvel événement était venu frapper Michelin Japon et la communauté française. Christophe Dejean, le directeur du site d'Ota, avait disparu dans les montagnes du Gunma alors qu'il était parti seul en repérage d'un parcours pour les scouts du Japon. Il fallut plusieurs jours de recherches avant de le retrouver mort au fond d'un profond ravin où il avait accidentellement chuté. Nous perdions ainsi le leader du site d'Ota et de sa transformation. Lors de ses obsèques, j'eus l'occasion de revoir Sudo san l'ancien responsable du syndicat de notre usine d'Ota, devenu depuis manager d'un Golf du Gunma. Très heureux de sa nouvelle situation, il s'inquiétait pour le futur du site et de ses employés, sur lequel il restait encore tant à faire. Je le rassurai sur ce point, le site d'Ota continuerait. Il me dit alors cette phrase étonnante : « d'abord Édouard Michelin, puis François Busson et maintenant Christophe Dejean, je pense que notre usine était maudite ! ». Mais non, la vie de Michelin Japon se poursuivait, car c'est ainsi, l'entreprise doit dépasser la vie des hommes et les femmes qui la font.

Au début 2012, malgré l'appréhension toute naturelle du risque résiduel de radioactivité, la vie à Tokyo reprenait son cours normal. Nous étions sollicités par plusieurs préfectures japonaises qui désiraient avoir leur propre Guide. Mais l'immense succès de ceux de Tokyo et de Kyoto-Osaka se révélait être un catalyseur à ces demandes. Avec Ito san, le responsable commercial, il nous fallut réfléchir à une nouvelle approche qui permettrait un développement régional du Guide. C'est ainsi qu'on s'engagea dans l'élaboration d'éditions régionales non millésimées. Des préfets de régions comme des maires de grandes villes s'impliquèrent personnellement tant ils désiraient être parmi les premiers à bénéficier des services du Guide Michelin. Ce fut pour moi l'occasion de parcourir des régions du Japon que je ne connaissais pas encore, et cela de la meilleure des façons possibles. On m'accueillait toujours très chaleureusement et l'on m'invitait à découvrir autant les saveurs de la gastronomie locale que les merveilles des sites touristiques. La première préfecture à avoir son propre Guide fut celle d'Hokkaido en 2012. Son préfet, madame Takahashi, m'avait invité à plusieurs reprises d'abord pour que je lui explique le projet et ensuite pour me remercier. Puis ce fut au tour d'Hiroshima en 2013, de Fukuoka-Saga en 2014, Hyogo en 2015 et Toyama-Ishikawa en 2016 d'avoir les leurs.

Il était évident que le succès du Guide au Japon allait intéresser les autres pays d'Asie. La direction du Groupe qui voyait là une occasion de dynamiser la notoriété de Michelin à travers le fort potentiel véhiculé par l'image du Guide, me demanda de m'en occuper, sans doute fort de mon expérience dans cette partie du monde. La rencontre avec Soo Hoo Khoon Peng, homme d'affaire de Singapour, propriétaire du fameux Guide des vins Robert Parker, fut déterminante. Je compris très vite les similitudes et les synergies potentielles entre les deux plus fameux Guides du monde, Michelin pour la gastronomie et Robert Parker pour les vins. Soo Hoo Peng me proposa une collaboration impliquant ses équipes dans la promotion et la digitalisation du Guide Michelin. Il proposait également d'organiser des événements gastronomiques et œnologiques qui associeraient les deux Guides. Hormis la Chine que l'équipe locale prit en charge elle-même, on se concentra sur les grandes villes d'Asie. De cette collaboration fructueuse naîtront le Guide Singapour paru en 2016, la relance du Guide Hong Kong — Macao en 2017, puis les Guides Séoul en 2017, Bangkok et Taipei en 2018. Comme au Japon, les événements autour du lancement de chaque édition étaient l'occasion pour moi de rencontrer les plus hautes autorités de ces pays, souvent admiratifs et heureux de voir le Guide Michelin arriver chez eux. Il se trouvait parfois certaines personnes pour chercher à influencer la sélection du guide, ce qui m'amenait comme toujours à réexpliquer encore et encore ses principes de base et à les faire respecter. Le succès sera tel que le Groupe Michelin décidera d'intégrer progressivement Robert Parker. Cela se fera en deux étapes d'abord en 2017 par la prise d'une participation de 40 % au capital, puis par une acquisition complète en 2019.

À travers mon expérience du Guide au Japon, j'avais pu constater que les provinces nourrissaient le souhait de développer leurs relations internationales et en particulier avec la France. Récemment réélu aux élections de 2012 à la présidence de la CCIFJ je décidai alors, avec son directeur Nicolas Bonnardel, et son Conseil d'administration, de développer les activités de la Chambre et d'asseoir sa présence dans les provinces japonaises. Des séminaires et des galas comme ceux que nous faisions à Tokyo furent organisés dans des villes comme Fukuoka, Kobe ou Sendai, toujours ravies de nous accueillir. Christian Masset, qui avait remplacé à l'automne précédent Philippe Faure dans ses fonctions d'ambassadeur de France apportait tout son support aux initiatives de la CCIFJ. Cet homme remarquable très vite dédia beaucoup de son temps à la communauté française du Japon qui avait tant souffert de cette effroyable année 2011. Il ne manquait jamais d'encourager les services de l'Ambassade à s'impliquer auprès de nous dans nos actions de promotion de l'image de la France au Japon. On lança une opération qu'on nomma « Bonjour, France » chez Isetan, l'un des plus grands magasins de Tokyo, destinée à mettre en avant, et là résidait son originalité, des produits nouveaux d'origine française. Cette opération connut un grand succès auprès du public et des consommateurs japonais, si bien que non seulement elle sera reconduite chaque année, mais qu'en plus on l'étendra à d'autres villes et d'autres grands magasins.

Cette année-là, au mois de juin je fus fait Chevalier de la Légion d'honneur. Je reçus l'insigne des mains de Christian Masset à l'Ambassade de France, entouré de mes collègues et de mes amis. C'était un honneur qui me rendait fier des actions que je menais mais surtout qui m'encourageait à les poursuivre auprès de toutes les personnes que je pouvais éventuellement influencer.

Parallèlement, on s'engagea dans un partenariat avec un site de promotion et de réservation en ligne des restaurants au Japon, pour lancer une version digitale du Guide appelée Club Michelin. Pour cela, notre choix se porta naturellement sur la société Gurunavi dont la réputation reposait sur la qualité des informations qu'il proposait aux consommateurs mais qui ne possédait pas son propre système d'évaluation. Son fondateur, Hisao Taki, en plus d'être un entrepreneur de génie, était aussi un passionné du jeu de Go dont il avait inventé une version qui se jouait en paire mixte, le Pair-Go. Pour moi qui aimais y jouer mais qui manquais cruellement de pratique, je trouvais avec lui une magnifique occasion de m'y replonger et de progresser rapidement. D'une relation de confiance professionnelle naquit bientôt une relation plus amicale entre Hisao Taki et moi. Etsuko se noua également d'amitiés avec son épouse Hiroko avec qui elle pouvait jouer régulièrement au Mah-jong. On se retrouvait régulièrement le week-end pour de beaux moments de loisirs et de jeux soit à Tokyo, soit dans notre maison de Yugawara. Se joignait souvent à nous Ryushi Nakano, un créateur de vitraux que nous avait présenté Hisao Taki. Il était aussi le directeur artistique de Creare Art[9], la division dédiée à l'art public de NKB, l'une de ses sociétés de communication.

---

9 Creare Art: https://www.instagram.com/creare_art_gl/?hl=en

Pair Go avec Hisao Taki à Yugawara

Nous retrouvions des temps normaux et calmes. Au sein de l'entreprise, nous nous assurions que la stratégie pour la zone JPK que nous avions décidée en 2010 trouvait sa bonne exécution. Devant l'excellence de mes collaborateurs, je déléguais davantage les opérations concernant le business du pneumatique, m'appuyant désormais largement sur eux. Cela me permettait de donner un peu de mon temps et de mon expérience à de nouvelles idées. Comme celle que me présenta un jour Sébastien Lechevalier, professeur à l'École des hautes études en sciences sociales (EHESS) et chercheur à la Maison Franco-Japonaise (MFJ) de Tokyo. Dans son projet, il s'agissait de créer une fondation en France, version symétrique de la MFJ de Tokyo. L'objectif était de promouvoir les échanges en sciences humaines et sociales entre le Japon et la France sur des sujets d'intérêt général. Ainsi des chercheurs japonais seraient accueillis à Paris au sein de l'EHESS et pourraient mener des études sur des sujets socio-économiques concernant la France et le Japon. Je lui confiais donc une première étude sur l'évolution du comportement du consommateur japonais dont le résultat dépassa nos attentes. Une autre étude concernant le développement des villes africaines fut sponsorisée par Bolloré, Michelin, Toyota Tsucho et Mitsubishi. Le projet intéressa d'autres grandes entreprises telles que la Banque de France, Air Liquide, Valeo. C'est ainsi que j'étais devenu dès sa création en 2010 administrateur de la Fondation France Japon (FFJ), position que je garde encore aujourd'hui. Depuis, plus de soixante lauréats de diverses chaires créées dans la cadre de la FFJ se sont succédés sous la direction de Sébastien Lechevalier, ce qui nous a conduits, à l'occasion de son dixième anniversaire, à créer l'association de ses alumni[10], nommée Cercle de la FFJ, que je co-préside aujourd'hui avec Yuko Harayama, alors directrice de l'institut Riken.

Par ailleurs, mon investissement dans la CCIFJ était toujours aussi enrichissant et passionnant si bien qu'en 2014, je briguais et obtenais un troisième mandat comme Président de la CCIFJ. Cette même année, Thierry Dana succéda à Christian Masset au poste d'ambassadeur de France au Japon. Et comme son prédécesseur, il fit en sorte que la collaboration de ses services avec la CCIFJ se poursuive toujours de façon exemplaire. Il fut même décidé de réfléchir à des opérations de promotion du Japon dans des régions françaises en se concentrant en priorité sur les régions Provence-Alpes-Côte d'Azur, Occitanie et

---

[10] Anciens élèves

Aquitaine. En organisant des missions menées par l'équipe « France du Japon » à Marseille, Toulouse et Bordeaux, nous devenions les pionniers d'une action réunissant à l'international des acteurs du secteur privé et du secteur public. Ce qui donnera naissance quelques années plus tard à l'initiative de Christophe Lecourtier, directeur de Business France en 2017, à Team France Export qui rassemblera Business France et les Chambres de Commerce Françaises en France et à l'étranger.

En 2015, Jacques Aschenbroich, alors dirigeant du Groupe Valeo et en visite au Japon me fit une proposition inédite pour moi, celle de devenir administrateur indépendant de la Société Ichikoh. Il se trouve que cette année-là, un changement du code de gouvernance des entreprises listées au Tokyo Stock Exchanges (TSE) demandait désormais la participation d'au moins deux administrateurs indépendants et la création de comités de supervision et d'audit. C'est ainsi que Valeo qui possédait une part importante, mais non majoritaire dans la société Ichikoh leader de l'éclairage automobile fit appel à moi pour occuper ce poste. Jean-Dominique Senard, alors Président du Groupe Michelin me donna son aval. Je devins donc administrateur indépendant, une toute nouvelle expérience pour moi qui, jusque-là et tout au long de ma carrière chez Michelin, n'avais toujours occupé que des postes opérationnels. La société Ichikoh, d'abord proche de Nissan Motors, avait cherché une alliance stratégique avec Valeo à la suite du démantèlement du Keiretsu[11] de Nissan que Carlos Ghosn avait engagé dès son arrivée à la tête de l'entreprise en 1999. Pendant les quatre années qui ont suivi, j'ai pu ainsi participer et contribuer au

[11] Conglomérat unissant dans un même ensemble constructeurs, fournisseurs et sous-traitants.

Conseil d'administration d'Ichikoh, présidé par mon collègue et ami Ali Ordoobadi, dont la route avait déjà souvent croisé la mienne en Asie. Le Groupe Valeo devenu actionnaire majoritaire en 2017 fit, depuis, d'importants investissements de capacité industrielle au Japon et de transformation technologique comme l'éclairage par LED.

De tous mes engagements, celui qui me monopolisait le plus avec mes collègues Patrick Lepercq et Francis Peters, chercheur chevronné de Ladoux, était évidemment le pilotage du TIP qui commençait à produire ses premiers résultats de recherche. Cela impliquait pour nous de nombreux voyages internationaux en Europe, aux USA et en Asie. On pouvait désormais constater que la pertinence des sujets que nous avions choisis et la manière de les traiter de façon collective ne faisaient plus aucun doute. La question, encore mal connue, des débris d'usure et de leur impact sur l'environnement et la santé nous motivaient particulièrement. Il nous fallait progresser rapidement tout en restant attentifs à ce que les conclusions communiquées au public soient d'une solidité sans faille. C'est ainsi qu'on put confirmer que la composition des particules d'usure des pneumatiques, qu'on appelait les TRWP[12], était un mélange de matériaux du pneu et de la route ce qui leur conférait une densité plus élevée que les matériaux plastiques issus des déchets de notre consommation quotidienne. Cela ramenait à une faible quantité la proportion de particules en suspension (PM2,5). Nous restait à étudier l'écotoxicité des matériaux du pneu et des TRWP. On ajouta également de nouveaux sujets tels que la

[12] Tire and road wear particles

question des pneumatiques en fin de vie encore mal gérée dans beaucoup de pays.

En octobre 2013, Jean-Dominique Senard participa pour la première fois au meeting des dirigeants du TIP à Kyoto. À cette occasion Éric Le Corre succéda à Patrick Lepercq pour qui l'heure d'une retraite bien méritée avait sonné. Les mouvements de personnel fréquents chez nos partenaires Bridgestone et Goodyear faisaient de moi le plus ancien de ce groupe, celui qui en connaissait l'historique et surtout les principes fondateurs. Des principes qu'on ne pouvait remettre en question tant ils avaient assuré dans la durée le fonctionnement harmonieux de cette entreprise. Du reste lorsque Peter Bakker, qui avait succédé à Born Stigson comme Chairman du World Business Council for Sustainable Development (WBCSD), émit l'idée d'une standardisation de sa gouvernance, il ne put que se laisser convaincre que le TIP devait continuer à fonctionner selon sa propre gouvernance définie depuis son origine pas ses dirigeants.

Les travaux du TIP sur les matériaux et les particules d'usure du pneumatique se poursuivaient maintenant à vive cadence. Après des années où nous avions été des précurseurs quelque peu ignorés, il faut bien le dire, la pression écologique portée par les ONG et les médias, mais aussi avec l'arrivée des voitures électriques se faisaient de plus en plus sentir. Nous recevions maintenant beaucoup de questions auxquelles il nous fallait répondre. Pour son dixième anniversaire en 2015, le TIP saisit l'occasion de la COP 21 à Paris pour publier un rapport complet de ses travaux et des actions de ses membres dans le domaine de la protection de l'environnement.

Avec Francis Peters, Patrick Lepercq, Jean-Dominique Senard et Eric Le Corre au TIP Kyoto octobre 2013

À l'initiative de Michelin, de nouveaux sujets étaient abordés comme celui de la chaîne de l'approvisionnement du caoutchouc naturel l'un des composants les plus importants du pneu. Ce matériau extrait de l'hévéa, un arbre subtropical, ne peut pas être reproduit à l'identique par la synthèse chimique et la majeure partie de sa production mondiale est réalisée par de petits exploitants locaux réunis dans trois pays principaux : la Thaïlande, la Malaisie et l'Indonésie. L'exploitation et l'extraction du caoutchouc naturel, son traitement et son conditionnement, tout cela demande une main-d'œuvre nombreuse et des conditions particulières qui sont régulièrement perturbées soit par les cycles de l'économie et des marchés mondiaux soit par une instabilité politique locale. L'industrie du pneumatique représentant 70 % de la consommation mondiale de caoutchouc naturel, il apparaissait donc vital pour notre industrie d'assurer les conditions de pérennité de sa production et donc de sa chaîne d'approvisionnement. La proposition de Michelin de créer une plateforme qui impliquerait toutes les parties concernées fut d'abord accueillie avec prudence. Elle finit par recueillir l'adhésion de tous à tel point qu'elle ne pouvait plus s'intégrer dans le TIP. Il fallut en faire une initiative séparée que l'on nomma Global Platform for Sustainable Natural Rubber (GPSNR)[13] et donc les objectifs étaient bien définis. Nous devions harmoniser les standards pour respecter les droits de l'homme, empêcher la déforestation, protéger l'eau et la biodiversité, et rester vigilant sur la transparence et la traçabilité de la chaîne d'approvisionnement, tout en améliorant la productivité. Toutes les grandes sociétés, les membres du TIP

[13] GPSNR: https://sustainablenaturalrubber.org/

bien sûr, mais les autres aussi, les constructeurs automobiles et les pays producteurs de caoutchouc naturel, furent tous invités à participer à une gouvernance équilibrée que nous avions mise en place. Ainsi la création de GPSNR fut annoncée à Singapour à l'automne 2017.

Parmi les projets initiés par Michelin, il y eut aussi celui des pneus usagés. La mobilité durable a toujours été chez Michelin une préoccupation de premier ordre. Il y avait toujours de nouvelles innovations à offrir et à faire connaître. C'est tout naturellement que Jean-Dominique Senard engagea en 2016 une nouvelle initiative majeure de l'industrie. Pour lui, il fallait revenir aux fondements des performances du pneu et de son usage. Il me confia ce sujet qui, s'il était hautement stratégique pour Michelin, n'en était pas moins passionnant. On savait que les usagers démontaient leurs pneumatiques bien avant la limite légale définie par le témoin d'usure et cela pour une raison clairement identifiée ; ils craignaient tout simplement la perte d'adhérence des pneus au fur et à mesure de leur utilisation. Mais cette pratique injustifiée faisait de ce gaspillage estimé à l'échelle mondiale, l'équivalent de centaines de millions de pneumatiques par an, une somme colossale. Comment faire pour que les consommateurs fassent davantage confiance à ce fameux témoin d'usure qu'ils ne voulaient pas reconnaître ? La réponse consistait à engager une démarche d'évolution réglementaire du processus d'homologation des pneumatiques en les faisant tester non seulement à l'état neuf mais aussi à l'état usé pour les performances d'adhérence. Depuis, à la suite du travail mené en profondeur auprès de tous les acteurs et les décideurs concernés, la Commission européenne a introduit en novembre 2019 le principe de tester l'adhérence sur sol mouillé des pneus en fin de vie dans un projet de révision des règles générales de sécurité des véhicules.

En janvier 2018, j'entrais dans ma nouvelle vie de retraité. Après quatre mandats et donc huit années en tant que Président, je quittai la CCI France Japon alors centenaire. Mon ami Christian Polak, homme d'affaires et historien des relations franco-japonaises lui consacra pour l'occasion un livre magnifique intitulé « 1918-2018 : un siècle d'histoires d'entreprises au Japon[14] » et abondamment illustré par des documents d'époque. Mais « retraité » ne signifiait pas « inactif ». Jean-Dominique Senard qui s'apprêtait lui-même à céder sa place à Florent Menegaux lui recommanda de continuer d'utiliser mes services en tant que conseiller spécial au sein de l'entreprise mais aussi pour le pilotage du TIP. Le dernier projet pour Michelin dans lequel je m'engageai cette année-là consistait à déployer au Japon l'impression 3D métallique, un procédé innovant appliqué au pneumatique à travers ses moules de cuisson, ce que j'avais bien connu quinze années plus tôt à Ladoux. Aujourd'hui, c'est la société AddUp, joint-venture entre Michelin et Fives, qui conçoit, fabrique et commercialise les imprimantes 3D métalliques appelées aussi « fabrication additive métallique ».

Comme la première étape était d'assurer la formation d'un personnel concerné puis de partager les connaissances de chacun en matière d'évolution technologique, à l'image de l'open source dans le domaine digital, je proposai de créer une plateforme où Michelin jouerait à la fois le rôle d'opérateur et de

---

[14] https://www.ccifj.or.jp/publications/nos-publications/p/publication/1918-2018-un-siecle-dhistoires-dentreprises-au-japon.html

partenaire auprès de tous ceux qui souhaiteraient nous rejoindre. Ce projet ambitieux reçut le soutien des pouvoirs publics locaux et celui du JETRO[15]. Il est aujourd'hui en cours de lancement à Ota et plus de dix partenaires locaux se sont déjà engagés, tous issus de la préfecture du Gunma. C'est là le signe d'une belle collaboration industrielle en perspective entre l'Auvergne et Gunma, et leurs capitales respectives Clermont-Ferrand et Maebashi, toutes deux associées aujourd'hui dans le réseau international des villes Michelin.

Le 19 novembre 2018 Carlos Ghosn était arrêté à son arrivée à l'aéroport d'Haneda. Ce même jour, se tenait au Nikkei hall, le Business Summit Franco-Japonais de la CCIFJ où intervenait Hiroto Saikawa, dirigeant de Nissan Motors, en présence de Louis Schweitzer, Laurent Pic, Ambassadeur de France au Japon qui avait succédé à Thierry Dana un an plus tôt et Armel Cahierre, entrepreneur du e-commerce au Japon, mon successeur comme Président de la CCIFJ. Un événement incroyable qui nous laissa tous perplexes. Pour ma part ces dernières années j'avais revu Carlos Ghosn de façon épisodique à l'occasion de manifestations ou d'événements au cours desquels nous nous retrouvions. Il y avait eu la visite du Président François Hollande en 2013 au Japon. Je me souviens que dans les mois qui avaient précédé mais aussi qui avaient suivi sa venue, nous avions eu droit à une succession d'allers et retours de certains ministres du Gouvernement Ayrault. Il faut dire que cette visite marquait la première visite d'état depuis 1996. La CCIFJ avait organisé avec le service économique de

---

[15] Organisation japonaise du commerce extérieur

l'Ambassade une rencontre sur le thème des partenariats franco-japonais. Après mon discours d'ouverture, des hommes d'affaires français et japonais s'étaient succédé à la tribune pour expliquer les clés du succès de ces partenariats considérés comme le moteur de la relation économique franco-japonaise. Et parmi eux, Carlos Ghosn qui avait parlé de l'Alliance Renault-Nissan. Ce n'était qu'à de rares occasions comme celles-ci que je l'avais revu, ou quelques événements officiels tels que le NISMO ou le quatre-vingtième anniversaire de Nissan à Yokohama la même année. J'allais le revoir encore en 2015 à la réunion du Club d'affaires Franco-Japonais à Tokyo.

Son arrestation déclenchera l'incroyable affaire Carlos Ghosn, hyper médiatisée, rocambolesque, et pour laquelle la vérité reste encore à faire par les nombreux procès en cours à travers le monde.

Lorsque Jean-Dominique Senard fut nommé au poste de Président de Renault en remplacement de Carlos Ghosn et Chairman de l'alliance avec Nissan, il m'appela pour me proposer de l'accompagner dans cette nouvelle aventure. Quelques jours après, je rencontrai au siège de Nissan, Hiroto Saikawa, alors dirigeant de Nissan, qui m'invita à participer au processus de sélection des futurs administrateurs externes de l'entreprise. Nous n'avions pas oublié notre première rencontre trente ans auparavant, lorsqu'il était responsable des achats pneus et moi directeur technique. Le 25 juin 2019, à l'occasion de l'Assemblée générale de Nissan Motors, je fus nommé administrateur indépendant de son nouveau Conseil d'Administration. Ce même mois, je quittais mon poste d'administrateur indépendant d'Ichikoh très lié commercialement à Nissan. Une nouvelle ère s'ouvrait pour Nissan et une nouvelle gouvernance se mettait en place.

En cette fin d'année 2019, une page se tournait pour s'ouvrir sur une autre. Le 22 novembre, je participai pour la dernière fois et en présence de Florent Menegaux nouveau président de Michelin, au meeting des dirigeants du TIP qui avait lieu à Kyoto. Ce jour-là fut l'occasion de revenir sur tant de souvenirs que je partageais avec Masaaki Tsuya, devenu le dirigeant de Bridgestone. C'est avec lui entre autres, alors qu'il était encore responsable des relations internationales, que quinze ans plus tôt nous avions démarré cette extraordinaire expérience collaborative des principaux acteurs de l'industrie du pneumatique.

Et puis il y eut le dixième anniversaire du Guide Michelin Kyoto. L'annonce des lauréats se fit au palais du Ninjojo autour d'un dîner de gala où pas moins de huit chefs dont Yoshihiro Murata de Kikunoi, tous triplement étoilés, soit vingt-quatre étoiles à eux huit, rivalisèrent de talents pour régaler une centaine de convives dont Daisuke Kadokawa, maire de Kyoto. Je ne pouvais pas rêver mieux pour clore cette longue aventure du Guide Michelin qui m'avait permis de découvrir tant de choses magnifiques au Japon et en Asie tant du point de vue culturel que gastronomique.

Cette nouvelle page qui s'ouvrait pour moi parlait de nouvelles aventures de gouvernance et d'entrepreneuriat.

Épilogue

« Hanc marginis exiguitas non caperet[16] *»*

Pierre de Fermat
Arithmétique de Diophante

Ingénieur humaniste de formation, je suis resté au service de Michelin pendant plus de quarante ans. Au sein de cette entreprise qui m'a confié des responsabilités passionnantes en même temps qu'une grande et belle autonomie d'action, j'ai vécu des expériences fortes et enrichissantes dans une industrie automobile en évolution constante, depuis son internationalisation, puis sa globalisation, et aujourd'hui devant se transformer pour faire face a la digitalisation, l'intelligence artificielle et au défi écologique de la société, ce que l'on résume par quatre lettres: C A S E pour Connecté, Autonome, Shared « Partagé » et Electrique.

Tout au long de ma carrière professionnelle, j'ai été impliqué dans le domaine stratégique des normes et des règlements. C'est un secteur dont l'évolution lente n'en reste pas moins fondamentale pour le devenir des entreprises qui y opèrent.

Par ailleurs, les quinze années consacrées au TIP ont été passionnantes. J'ai pu mesurer combien la pratique de cette nouvelle forme de collaboration respectant les règles de la

---

[16] Note écrite de la main de Pierre de Fermat dans son exemplaire de l'Arithmétique de Diophante indiquant que la marge est trop étroite pour développer la démonstration de son théorème.

concurrence, telle que ce forum le proposait — une « co-compétition » entre acteurs concurrents d'un même secteur d'activité — avait permis de faire progresser la connaissance environnementale et sanitaire d'un secteur industriel à l'échelle mondiale. Du reste, la crise du « dieselgate » en 2015 qui a impacté l'industrie de l'automobile au niveau mondial est venue rappeler à tous l'importance de ne pas ignorer ce sujet ou pire de ne pas jouer voire tricher avec. Elle rappela la nécessité d'anticiper les règlements pour leur permettre d'évoluer en phase avec les attentes de la société et les contraintes de l'environnement.

Je crois au progrès technologique dans la mesure où il fait sens pour la société et est compatible avec l'environnement. Il ne s'agit pas, selon les pensées d'Ivan Illich ou de Han Jonas, de n'avoir que le catastrophisme comme seule référence ontologique pour l'action, mais bien de prendre garde au risque de désenchantement du monde décrit par Max Weber du fait d'une raison instrumentale déshumanisée.

Enfin, mon implication dans les activités de la Chambre de Commerce et d'Industrie française au Japon pendant près d'une décennie m'a permis de découvrir et contribuer aux relations économiques des deux pays.

C'est riche de toutes ces expériences aussi multiples que précieuses que j'ai pu découvrir et mettre en pratique des règles de management et qui me paraissent aujourd'hui répondre à une ardente actualité. J'en retiendrai trois qui, pratiquées aussi par beaucoup d'entreprises japonaises, ont pu faire dire de Michelin qu'elle était l'entreprise occidentale la plus japonaise.

Il y a tout d'abord le Kaizen, fusion de deux mots japonais kai, changement et zen, meilleur et que l'on pourrait traduire par « progrès continu ». Le Kaizen fait appel à trois principes de base appelés les 3 G :

- Gemba traduit par « atelier ». L'objectif du Gemba est d'inciter les managers à rencontrer régulièrement les acteurs du terrain pour comprendre au mieux leur réalité.
- Gembutsu traduit littéralement par « l'objet que l'on peut toucher » et qui s'oppose à l'objet imaginé dans un bureau d'étude ou de marketing.
- Genjitsu, les faits qui doivent être analysés par les managers et les opérateurs en toutes circonstances

Puis il y a la perspective économique avec les choix à faire. Si la maîtrise des coûts en cas de non-compétitivité ou même de crise est nécessaire, donner la priorité en permanence à la baisse des coûts peut se révéler mortifère pour l'entreprise. C'est pourquoi il sera plus judicieux de réfléchir à la valeur d'un produit ou d'un service en privilégiant la recherche et l'innovation. Apple est un modèle du genre, et son fondateur Steve Jobs une source d'inspiration pour nous tous.

Enfin, il y a l'essence même du rôle du manager : donner du sens au travail et le partager avec son équipe.

« Si tu veux construire un bateau, fais naître dans le cœur des hommes et des femmes le désir de la mer, » faisait dire Antoine de Saint-Exupéry au Petit Prince. En se consacrant en priorité à définir les missions et les raisons qui les sous-tendent, le manager créé les conditions maximales de motivation de ses employés. C'est la meilleure façon de partager sa propre vision pour l'entreprise et d'éviter ainsi de tomber dans le micro management, source principale de démotivation comme de déresponsabilisation. Puis il s'assurera de la disponibilité des ressources nécessaires à l'accomplissement du travail. Face à des facteurs extérieurs et imprévus qui pourraient émerger et conduire à une crise, alors il lui faudra adapter sa stratégie et revoir un plan de travail dont l'exécution n'a pas de fin. La stratégie, c'est comme une croisière au long court, le cap est défini en fonction d'un port d'arrivée. Mais si des vents et des courants contraires empêchent de rejoindre la destination finale, alors c'est au capitaine de modifier le port d'arrivée. Bien sûr, la mondialisation complique le travail du stratège, et pourtant l'enrichit aussi. Il n'y a pas de stratégie sans concurrence, une concurrence qui, au lieu d'inspirer crainte et défiance, imposera humilité et respect.

Et contrairement au Capitaine Achab du roman d'Herman Melville qui se perd en se lançant à la poursuite vengeresse et funeste de Moby Dick le cachalot blanc, entraînant avec lui son équipage et son navire, le leader doit comprendre et anticiper ses limites. Sous l'emprise de ses rêves, voire de son orgueil, il ne sera pas à l'abri du combat de trop.

Devenez ce que vous êtes... disait François Michelin à l'instar de Nietzsche et de Pindare. François Michelin qui en soixante années, avait fait du Groupe fondé par ses aïeux le leader mondial de l'industrie du pneumatique et un acteur clé de la mobilité. Sa vision d'entrepreneur, son humanité et sa sagesse avaient marqué plusieurs générations, et pour tous ceux qui comme moi avaient eu la chance de travailler à ses côtés, il restait une étoile.

Je mesure la chance que j'ai eue de recevoir une excellente éducation tant par mes parents que par mes professeurs, de faire des stages en entreprise, une alternance à mes études, de pouvoir voyager jeune et de rencontrer et travailler avec des personnes extraordinaires et passionnantes. Quel plaisir d'avoir pu découvrir, au fil de mes voyages et de mes séjours à l'étranger, l'immense variété que l'art pouvait offrir. Jeune déjà je m'étais éveillé à l'art et c'est avec bonheur que j'ai côtoyé autant de cultures différentes et variées. Au fil des ans, j'ai appris à connaître et à me passionner pour celle du Japon, riche, profonde et mystérieuse. Elle agit aujourd'hui comme un miroir, écho à ma propre culture française. Ce sera toujours pour moi une source intense d'émotion d'entrevoir un parallèle entre les peintres de ma région, Toulouse Lautrec à Albi ou Pierre Soulages à Rodez, avec les maîtres japonais de l'Ukiyo-e et de la calligraphie.

Hasard des rencontres ou des chemins qui se croisent, expériences partagées ou ambitions communes, comment imaginer ce qui, tout au long d'une vie, pourrait advenir ? Cependant, ce qui nous arrive est le fruit de notre destinée, de ce que nous ferons des opportunités qu'elle nous offrira.

J'ai toujours pensé qu'il fallait croire en sa bonne étoile, observer et écouter, oser, savoir rester humble devant les faits, et par-dessus tout, être loyal. La loyauté est sans doute la plus belle valeur dont on peut donner des preuves aux autres, à tous ceux qu'on aime et avec qui on partage nos expériences. C'est elle qui permet à la confiance de s'installer dans les relations durables, que ce soit en amour, en amitié ou en affaires.

Rencontrer Etsuko a été le plus beau don que la vie m'aura fait. Trente-huit ans après, elle reste pour moi un émerveillement de tous les jours, le moteur de ma vie.

Table des matières

NomBre7
éditions

contact@nombre7.fr — 04 66 05 87 18

Imprimé en France — juillet 2023
Dépôt légal premier semestre 2023